소프루
SOPRO

Sopro
by Tiago Rodrigues

© Tiago Rodrigues, 2017
Korean Translation Copyright © ALMA Inc., 2023
All rights reserved.

This Korean edition was published by arrangement with
Tiago Rodrigues
through Bestun Korea Agency Co., Seoul

Translated of SOUFFLE with permission from Les Solitaires Intempestifs

소프루
SOPRO

티아구 호드리게스
Tiago Rodrigues

신유진 옮김

일러두기

- 소프루Sopro는 포르투갈어로 '숨, 숨결'의 뜻이다.
- 《Souffle》(Solitaires Int, 2018)를 우리말로 옮겼다.
- 하단의 주는 모두 편집자 주다.

차례

소프루

Sopro

⟨소프루⟩는 2017년 7월 7일, 아비뇽 페스티벌의 일환으로
카르무 수도원Cloître des Carmes에서 포르투갈어로 공연되었다.
한국에서는 2021/2022 국립극장 레퍼토리시즌 해외초청작으로
2021년 6월 17일~6월 19일 국립극장 달오름극장에서 공연되었다.

이 희곡은 안토니우 파트리시우의 ⟪디니와 이자벨⟫,
안톤 체호프의 ⟪세 자매⟫, 장 라신의 ⟪베레니스⟫, 몰리에르의 ⟪수전노⟫,
소포클레스의 ⟪안티고네⟫를 담고 있으며, 네드 워싱턴이 작사하고
디미트리 티옴킨이 작곡한 곡 ⟨Wild Is the Wind⟩를 인용했다.

1장

*

프롬프터✦ 나는 1978년 2월 24일부터 줄곧 극장에서 일했지만 무대 위에 오른 것은 이번이 처음입니다. 나는 언제나 어둠 속에서 일했습니다. 지금 나를 처음 본 당신들은 내가 얼마나 창백한지 분명히 눈치챘을 겁니다. 나의 피부는 빛에 익숙하지 않습니다. 나의 몸, 얼굴, 걸음걸이는 빛 속에 사는 사람의 몸과 얼굴과 걸음걸이가 아닙니다. 나의 시커먼 옷은 어둠과 하나가 되고자 하는 사람의 복장입니다. 나는 어둠 속에서 보이지 않도록 옷을 입습니다. 나는 보이기 위해 존재하지 않습니다. 하지만 오늘만큼은 모두가 나를 바라보는 무대 위 조명이 비치는 곳에 서 있습니다. 오늘 나는 나의 소중한 창백함을 잃을지도 모릅니다.

2장

*

프롬프터 극장의 예술감독이 커피를 마시자고 나를 불렀습니다. 나는 그를 '내 극장의 예술감독'이라고 부릅니다. 그가 예술감독일지는 몰라도 극장은 내 것이니까요.

✦ Prompter, 무대 아래 보이지 않는 곳에서 무대에 오른 배우에게 대사나 동작을 일러주는 사람.

우리는 관계자 전용 입구 옆에 있는 폰투 지 엥콘트루Ponto de Encontro✦에 갔습니다. 우리는 테라스에 앉았습니다. 그는 햇빛이 잘 드는 쪽을, 저는 그늘이 있는 자리를 골랐습니다. 우리는 커피를 주문했습니다. 내 극장의 예술감독은 말했습니다.

예술감독　문제가 있어요.

프롬프터　나는 대답했습니다. "그렇죠." 그가 말했습니다.

예술감독　연습을 중단해야 할 것 같아요.

프롬프터　나는 물었습니다. "방법이 전혀 없을까요?" 그가 대답했습니다.

예술감독　다른 공연을 할 수는 있을 것 같아요.

프롬프터　나는 물었습니다. "무슨 공연이요?" 그가 말했습니다.

예술감독　저한테 생각이 있어요.

✦ 미팅 장소를 뜻함.

프롬프터 나는 대답했습니다. "잘됐네요." 그가 말했습니다.

예술감독 그렇지만 당신의 도움이 필요해요.

프롬프터 나는 말했습니다. "극장에 관한 문제라면 언제든지 저를 의지해도 된다는 것을 아시잖아요." 그가 말했습니다.

예술감독 저는 당신이 무대 위에 올라가 주인공을 맡아주면 좋겠어요.

프롬프터 나는 대답했습니다. "말도 안 돼요." 그가 말했습니다.

예술감독 제 말을 좀 들어보세요.

프롬프터 나는 말했습니다. "말해봐요."

3장
*

예술감독 경계에 살기. 잠시 머무는 곳에 살기. 무대와 무대 뒤 그 사이에서 살기. 현실의 둑과 허구의 둑을 잇는 다리에서 살기. 그 두 강둑 사이로 흐르는 큰 강의 밑바닥까지 내려가는 법을 알기. 세상과 무대를 가르는 말의 유수 속에서 헤엄치는 법을 알기. 기다리기, 지켜보기, 듣기. 살면서 좋은 날은 일을 하지 않아도 되는 날이고 강물에 몸을 담그지 않아도 되는 날이라고 여기는 누군가를 위해 구조대원이 되기. 사고를 기다리기, 극장이 세상의 일부라는 사실을 우리에게 상기시켜주는 실수를 기다리기. 배우가 망각의 불안에 사로잡힐 때, 예기치 않게 기억이 꼬일 때, 현실에서 갈피를 못 잡을 때, 자신이 유한한 존재이고, 완벽한 인물이 아니라 잠시 빌려온 연약한 육신일 뿐이라는 사실을 떠올릴 때, 그를 단어로 구하기, 그의 귀에 속삭이기, 그를 소생시키기, 그에게 대본을 조용히 일러주기, 그에게 생각과 의미와 몸짓을 되돌려주기. 이것이 오늘 우리가 말해야 할 이야기이자, 우리가 보여줘야 하는 것들입니다. 구조대원이 강물에 뛰어드는 순간 말입니다. 우리는 현실의 강물에 빠졌고, 삶이 허구의 둑을 범람하기 때문입니다. 프롬프터, 당신을 말하고 싶어요. 프롬프터를 연기하는 배우가 아니라, 진짜 프롬프터인 당신이 무대 위에서 배우들에게 대사를 알려주고 그들을 구조하는 모습을 보고 싶어요. 사고를 다루는 이야기를 쓰는 거죠. 사고가 났을 때의 구조대원 이야기요. 나는 당신을 위한 연극을 쓸 거예요.

프롬프터   내 극장의 예술감독은 입을 가만히 다물고 커피 잔을 비웠습니다. 나는 물었습니다. "저한테 설명하고 싶었던 게 그거예요?" 그가 대답했습니다.

예술감독 다른 것들도 있지만 아직 막연한 아이디어라서요. 어떻게 생각하세요?

프롬프터 나는 대답했습니다. "이론적으로는 모든 게 정말 아름답지만, 현실적으로는 불가능해요." 그러자 그가 물었습니다.

예술감독 "커피 한 잔 더 마실래요?"

4장

*

프롬프터 지구의 자전은 공연 아이디어 따위에는 전혀 관심이 없어요. 테라스의 내 자리를 이미 침범한 햇빛이 그 사실을 입증합니다. 나는 그늘에 앉는 조건으로 이 대화를 이어가기로 했습니다.

예술감독 폐허가 된 극장에서 사는 프롬프터의 이야기예요. 그 프롬프터는 자신이 극장의 기억이나 심장 또는 허파가 된 것처럼 오래된 텅 빈 극장에서 하루를 보내죠.

프롬프터 페허가 된 극장이라니…, 너무 우울하네요. 그냥 문 닫은 극장이면 안 될까요?

예술감독 저는 낭만주의적인 배경을 생각했어요. 자연이 폐허를 점령하고, 덩굴식물과 야생 부겐빌레아가 자라고, 무너진 벽에서 뿌리가 나오고, 사람이 살지 않는 배경 한가운데에서 나무들이 자라는 거죠. 흐르는 시간과 이곳의 유일한 존재인 프롬프터의 고독을 보여줄 수 있는 공간이요.

프롬프터 무대 바닥에 마루판을 깔고 풀이 그 사이를 비집고 자라는 것으로는 안 될까요? 그래야 극장을 다시 열었을 때 치우기 쉽죠. 몇 년 동안, 아니 몇 달 동안 극장 문을 닫은 것일 수도 있잖아요. 일시적으로 닫은 것일 수도 있고요. 조금은 희망적이어도 좋을 것 같아요.

예술감독 그러면 폐허를 만든 것만큼 아름답진 않을 거예요.

프롬프터 이 극장이 폐허가 된다는 상상만으로도 너무 괴로워요. 제가 이곳에서 평생 일했기 때문만은 아니에요. 제가 처음으로 입장했던 극장이기도 하거든요.

예술감독 이 극장을 말하는 게 아니잖아요. 그건 상상 속의 극장이에요.

프롬프터　아니요, 미안하지만 이 극장이 맞아요. 폐허는 상상이지만 극장은 이 극장이라고요. 문을 닫는다는 상상은 그렇다 칩시다. 그런데 폐허라니요? 너무 비극적이에요.

예술감독　당신 말이 맞을지도 몰라요. 극장이 최근에 문을 닫았다고 하는 게 더 나을 수도 있겠네요. 게다가 폐허를 만들 예산도 없을 테니까요. 옛날에 썼던 무대용 마루판을 쓰면 될 것 같아요. 공사할 때 창고에 넣어뒀거든요. 오래된 마루판, 그거 좋은 생각이에요.

5장
*

프롬프터　다섯 살 때였어요. 고모는 이 극장의 매표소에서 일했었죠. 나는 매일 여기 오고 싶다고 고모한테 떼를 썼어요. 그러던 어느 날, 고모가 나를 이곳에 데려왔어요. 우리는 폰투 지 엥콘트루에서 케이크를 먹고 관계자 전용 출입구로 들어왔어요. 고모의 손을 잡고 텅 빈 극장의 통로를 내려갔던 일을 기억합니다. 휴게실에서 사람들이 말하는 소리가 들렸죠. 극장은 곧 사람들로 가득 차고, 무대 위에는 녹색 드레스를 입은 여배우가 있었어요. 이모가 들려준 이야기 속 여배우, 사진 속 그 여배우였습니다. 극장의 예술감독이었지요. 우리는 방해가 될까 봐 걸음을 멈추고 숨죽이고 있었습니다. 그녀는 동물원의 표범처럼 무대 이쪽 끝에서 저쪽 끝까지 오갔어요. "사자들은 표범을 얕잡아 보지 않는다."〈리어왕〉1막 1장의 대사입니다. 예술감독은 우리가 있는 것을 눈치채고는 고모에게 신호를 보냈어요. 우리는 첫째 줄까지 내려왔죠. 고모는 내게 예술감독만 허락한다면 연극을 볼 수 있을 거라고 미리 알려줬어요. 그건 어른들을 위한 연극이었죠. 예술감독은 고모한테 말을 거는 대신에 저에게 말했어요.

예술감독　연극을 좋아하니?

프롬프터　나는 작게 말했습니다. "네, 무척 좋아해요."
예술감독이 물었습니다.

예술감독　연극을 몇 편이나 봤니?

프롬프터　나는 작게 말했습니다. "본 적 없어요."
예술감독이 말했습니다.

예술감독　연극을 한 번도 본 적 없는데 네가 연극을 좋아한다는 걸 어떻게 알지?

프롬프터 나는 작게 말했습니다. "왜냐하면 저는 한 번도 본 적 없는 것을 좋아하니까요." 그 감독이 계속 심각한 눈빛으로 나를 봐서 내가 말실수라도 한 줄 알았습니다. 고모가 나를 매표소로 데려갔을 때, 어떤 사람이 공연을 봐도 된다는 예술감독의 말을 전하러 왔습니다. 단, 관객들에게 눈에 띄지 않도록 프롬프터 박스 안에 숨어 있는 조건으로요.

6장
*

프롬프터 다섯 살 때 태어나서 처음으로 연극을 봤습니다. 나는 프롬프터 박스 안에 몸을 숨기고 배우들을 보기 위해 까치발을 했어요. 손가락 끝이 무대에 닿았습니다. 이렇게, 아주 조심스럽게, 불에 손을 델까 봐 두려운 것처럼요. 그런데 어느 순간에 배우가 대사를 잊어버렸고, 그러자 프롬프터가 속삭였습니다. "파멸이 그들의 뒤를 따를 것이다." 프롬프터가 속삭일 때, "파멸이 그들의 뒤를 따를 것이다"라는 문장은 아무 의미도 없었습니다. 그건 문장이 아니라 그저 연속적으로 이어지는 소리에 불과했습니다. 길게 속삭이는 말일 뿐이었어요. "파멸이 그들의 뒤를 따를 것이다." 하지만 헨리 왕을 연기하는 배우가 "파멸이 그들의 뒤를 따를 것이다"라는 대사를 말했을 때, 그 문장은 무언가를 전하고 있었습니다. "파멸이 그들의 뒤를

18

따를 것이다." 그 일이 일어났을 때, 나는 손가락 끝에서
무대가 활활 타오르는 것을 느꼈습니다.

7장
*

love me love me say you do

나를 사랑해줘요. 그러겠다고 해줘요.

Let me fly away with you

당신과 함께 날아가게 해줘요.

And wild is the wind

그리고 바람은 거칠어요.

Give me more the one caress

나를 더 만져줘요.

Satisfy this hungriness

이 굶주림을 채워줘요.

Let the wind blow through your heart

이 바람이 당신 마음에 지나가게 해줘요,

For wild is the wind

거친 바람을 위해.

You touch me I hear the sound of mandonlins

당신이 나를 만지면 만돌린 소리가 들려요.

You kiss me With your kiss my life begins

당신이 키스하면 그 키스로 내 인생이 시작돼요.

You're spring to me

당신은 내게 봄이에요.

All things to me

내게 전부죠.

You're life itself

당신은 삶 그 자체예요,

like a leaf clings to a tree

나무에 붙은 잎사귀처럼.

And wild is the wind

그리고 바람이 거칠어요.

Wild is the wind

바람이 거칠어요.

Wild is the wind

바람이 거칠어요.

8장

＊

프롬프터　　내 극장의 예술감독은 이 상황에 적절한 형용사를 고를 수 없었는지 아예 형용사 목록을 만들었습니다.

예술감독　　놀랍습니다. 훌륭해요. 연극적입니다. 환상적이

에요. 모르겠어요? 이야기의 시작은 이미 다 정해졌어요. 당신은 평생 프롬프터로 일했고, 당신이 프롬프터 박스에서 봤던 첫 번째 공연을 관객들에게 이야기하는 겁니다. 기발하죠. 엄청나요, 그건….

프롬프터 글쎄요, 여기서 우리의 뜻이 갈리네요. 그렇게 한다고 칩시다. 그렇지만 저는 무대 위에서 내 인생에 대해 떠드는 게 마음에 들지 않아요. 나는 그림자로 살아요. 내 피부가 보이시죠? 나는 나를 드러내고 싶지 않습니다. 한 번도 나를 드러내고 싶었던 적이 없었어요. 나는 저기, 가장자리에 늘 숨어 있었어요. 아니면 저기, 반대쪽 가장자리에. 프롬프터 박스가 있으면 무대 앞에 있기도 했고요. 이제는 어느 극장에도 프롬프터 박스는 없습니다. 프롬프터도 사라졌고요. 우리는 사라질 위기에 놓여 있어요. 아마 우리가 사라져도 아무도 알아채지 못할 거예요. 숲속으로, 산 정상의 동굴 속으로 달아나 숨는 동물들처럼 말이에요. 그 동물들은 너무 눈에 띄지 않아서 그들이 사라져도 아무도 멸종된 줄을 몰라요. 곰이나 표범이 몇 년은 보이지 않아야 멸종되었다고 말할 수 있죠. 마지막 프롬프터들을 찾아 여러 번 탐색을 나선 후에야 그들이 더는 존재하지 않는다고 말할 수 있을 거예요. 하지만 언제나 비밀스러운 희망이나 의심의 미광은 남아 있을 겁니다. 어쩌면 어느 날, 누군가 프롬프터가 다시 등장하는 것을, 어둠 속에서 그림자가 움직이는 것을 보는 사람이 있을지도 모르죠. 무대의 공기를 가로지르는 그 속삭임의 파동을요.

9장
*

프롬프터 내가 일을 그만둬도 관객들은 전혀 모를 겁니다. 그것이야말로 내게는 최고의 찬사이지요. 내가 존재한다는 사실을 아무도 모른다는 게 나의 자부심이에요. 나는 극장에서 관객들에게 박수를 받으면 실패하는 유일한 사람입니다. 안토니우 파트리시우✦의 〈디니와 이자벨〉 초연때였습니다. 1984년 10월 5일, 금요일이었죠. 5막이 시작되고 이미 죽은 이자벨은 침대에 누워 있습니다. 예술감독이 이자벨을 연기했어요. 침대는 여기, 무대 오른쪽에 있었습니다. 프론트 조명은 20퍼센트만 켰고요. 모두가 죽어가는 여왕을 지키며 밤을 보낸 후의 새벽 장면이었거든요. 바닥에는 꽃잎이 깔려 있었습니다. 저는 무대 감독과 매일 한 시간씩 저녁 공연에 쓸 꽃잎을 뜯었습니다. 우리는 매일 꽃을 샀어요. 디니는 안절부절못하고 꽃잎을 밟으며 걸어 다녔죠. 광인은 침대 밑에 무릎을 꿇었습니다. 그 옆에

✦ António Patrício(1878~1930), 포르투갈 포르투 태생. 시인이자 극작가로 상징주의 작가 중 한 명.

서는 한 여인이 엎드려 기도했어요. 디니는 무대 왼쪽에 멈춰 서서 광인에게 말했습니다.

디니　봤지? 여왕이 죽었어. 내가 '창문을 열면 안 되겠다, 이슬이 여왕을 아프게 할 수도 있으니까'라고 생각하던 차였는데 말이야.

프롬프터　광인은 대답했습니다.

광인　방에 있는 모두가 너처럼 곱씹고 있어.

프롬프터　광인이 자리에서 일어났습니다.

광인　네 주위를 봐. 자, 잘 보라고.

프롬프터　디니는 주변을 둘러보면서 말합니다.

디니　여자들이 지키고 있어. 여자들은 듣고 있지. 망자가 경탄하는 아가씨들이야.

프롬프터　디니는 외모가 출중했습니다. 코가 그리스 조각상 같았죠. 나는 배우들을 코로 알아봅니다. 언제나 그들의 옆모습, 코와 귀를 보니까요. 관객들은 그들을 정면으로 보고 알아보지만, 나는 그들을 옆모습이나 뒷모습으로 알아봅니다. 그들의 어깨를, 목을, 뒷목을, 팔꿈치를, 엉덩이를 알아보죠. 어떤 배우들은 온몸으로 연기합니다. 관객들은 볼 수 없고, 오직 나만이 볼 수 있는 신체 부위로도 연기하죠. 끝내주게 연극적인 엉덩이도 있습니다. 디니의 코와 팔꿈치가 그랬어요. 그런 디니가 이제 유리창을 가리킵니다. 그의 팔꿈치는 환상적이었지만 시간이 흐르고 늙으면서 끔찍해졌죠. 그래도 그 시절에는 아름다웠습니다. 그래요. 그가 1984년에 채색 유리를 가리킬 때는 아름다웠죠. 그때 그 유리창은 요즘처럼 플렉시글라스로 만든 게 아니라 정말 유리였어요. 무대 장식을 위해 이탈리아에서 제작했던 거죠. 디니가 채색 유리가 있는 무대 안쪽을 가리키며 말했습니다.

디니　　유리에 그려진 천사들도 뭔가 달라. 저런 눈빛은 한 번도 본 적이 없었는데. 천사들이 기운이 없는 것 같아….

프롬프터　　그러고 나서 벚나무로 짠 관을 향해 몸을 돌렸습니다. 그 관은 극장 목수가 석 달에 걸쳐 만들었어요. 디니는 말했습니다.

디니　　벌써 여왕의 손길이 그리워서 아무 말도 하지 않는 거야…. 나한테는 형제와 다름없는 사람이지. 친구이

기도 하고.

프롬프터 광인은 관을 향해 몸을 숙이고 침대에 누워 있는 이자벨을 바라봤습니다.

광인 불과 몇 시간 전이었어. 얼마나 오래됐는지 말할 수 없지만, 항상 이렇게 있었던 것 같아…. 죽음 안에서는 한순간 머리가 하얗게 세버리지.

프롬프터 "죽음 안에서는 한순간 머리가 하얗게 세버리지." 아마도 그 연극에서 가장 아름다운 대사였을 겁니다. 공연마다 늘 마음에 남는 대사들이 있습니다. 그때 디니는 잠시 멈춰 생각하는 시간을 가져야 했습니다. 그는 잠시 멈춰서 생각했습니다. 그런데 그 멈춤이 계속 이어지더군요. 생각하는 시간이 너무 긴 것 같았습니다. 그래서 나는 다음 대사의 시작을 알려줬습니다. "오직 죽음만이 현실이고…" 그는 아무 반응이 없었습니다. 광인은 어떻게 해야 할지 몰라서 관을 향해 몸을 숙이고 있었고요. 그 몇 초가 몇 시간, 며칠, 몇 달, 몇 년처럼 느껴졌습니다. 시간이 쏜살같이 흐르면서도 동시에 우리가 현재에 묶여 있는 느낌이었어요. 디니는 동상처럼 꿈쩍도 하지 않았지만 저는 어쩌면 그가 의도적으로 극적인 효과를 위해 잠시 멈춘 것일지도 모른다고 생각했습니다. 보통 배우들이 공연 첫날에는 대사와

27

대사 사이를 조금 더 늘리기도 하거든요. 특히 감정적인 배우들이 더 그런 편인데, 디니는 그런 배우였죠. 그의 코는 감정적이었습니다. 그런데 죽은 이자벨 역할로 침대 위에 누워 있던 예술감독이 그만 참지 못하고 숨을 내뱉고 말았습니다. 저는 다시 대사를 속삭였죠. "오직 죽음만이 현실이고, 우리가 죽음을 마주할 때는…" 디니는 아무 반응이 없었습니다. 그제야 언젠가 디니가 한쪽 귀가 잘 들리지 않는다고 말했던 것이 퍼뜩 떠올랐습니다. 나는 내 앞에 있던 그 아름다운 귀가 들리지 않는 쪽이 아닐까 의심이 들었고, 무대를 돌아 반대편으로 가서 그에게 대사를 알려주려고 했습니다. 하지만 그러기 위해서는 무대 안쪽에 있는 유리 뒤를 지나가야 했고, 그건 무대에서 자취를 감춰야 하는 그림자 또는 실루엣이 유리 뒤로 달리는 모습을 관객들에게 노출하는 것을 의미했죠. 결국 더 크게 말하는 것밖에 방법이 없었습니다. "오직 죽음만이 현실이고, 우리가 죽음을 마주할 때는 모든 것이 꿈의 통로로 물러나지…"
마지막 층 뒷좌석 끝까지 내 목소리가 들렸습니다.
그러자 디니는 깜짝 놀라며 말했습니다.

디니　　　오직 죽음만이 현실이고, 우리가 죽음을 마주할 때는…

프롬프터　"모든 것이 꿈의 통로로 물러나지…." 3층 발

코니까지 내 목소리가 들렸을 겁니다. 디니는 자기 대사를 정확히 알고 있었다는 듯이 말했습니다.

디니   모든 것은 꿈의 통로로 물러나지….

프롬프터   그 후에는 별다른 사고 없이 공연이 이어졌습니다. 주교가 들어오고, 기타 등등, 커튼이 내려오고. 그 시절에는 초연이 끝나면 VIP 라운지에서 성대하게 뒤풀이를 했습니다. 지금처럼 무대 뒤에서 술 두어 병 마시고 끝나는 게 아니었죠. 그날 밤, 뒤풀이에 갔더니 한 신문의 평론가가 박수를 치기 시작했습니다. 그 시절에는 신문사마다 평론가들이 있었거든요. 그 평론가는 내가 들어서자마자 손뼉을 치면서 나를 극단 사람들 앞에 세우고 말했습니다. "프롬프터, 만세! 5막 초반에 정말 훌륭했어요. 목소리가 어찌나 좋으시던지! 또 발음은 얼마나 훌륭하시던지!"

10장

*

프롬프터   "내가 관중들이 나를 보는 것도 내 목소리를 듣는 것도 원치 않는다는 걸 아시겠어요? 당신은 내가 배우들만큼, 아니 때로는 배우들보다 더 괴로워한다는 것을 아시겠어요? 나를 좋아하지 않을까 봐 두려운 게 아니라, 그들을 좋아하지 않을까 봐 두렵고, 내가 그들에게 책임감을 느끼기 때문에 고통이 배가 된다는 것을 아시겠어요? 나의 유일한 위안은 이 고통이 눈에 보이지 않는다고 확신하는 것임을 아시겠어요? 무대 위에 있는 나의 유일한 일부는 손가락 끝이라는 것을 아시겠어요?" 이것이 나의 솔직한 심정이었습니다만, 나는 내 극장의 예술감독에게 다른 식으로 말했습니다.

11장

*

베르쉬닌   도둑이야! 도둑!

프롬프터   4막, 마지막 장면에서 집에 들어가던 아르파공이 정원에서 비명을 지릅니다.

베르쉬닌   이 살인자! 저런 나쁜 놈! 정의여, 정의로운 하늘이시여! 나는 이제 망했다. 나는 죽었구나. 누군가 내 목을 잘랐어! 누가 내 돈을 훔쳐갔단 말이냐! 누가 그랬지? 어떻게 된 거지? 그놈은 어디에 있지? 어디에 숨었어? 어떻게 해야 그놈을 찾을 수 있을까?

프롬프터   아르파공을 연기한 베르쉬닌이었죠. 베르쉬닌은 단원들 중에서도 프롬프터에게 가장 까다로운 배우였습니다.

베르쉬닌　누가 내 돈을 훔쳤어! 나는 망했다고! 나는 죽었구나!

프롬프터　베르쉬닌은 계속해서 대사를 바꿨습니다.

베르쉬닌　누가 그런 짓을 했을까? 그놈은 누구지? 어디에 있지? 누구 그놈을 본 사람 없나? 아무도 없어?

프롬프터　몰리에르든 무명작가든 그건 중요치 않았습니다. 베르쉬닌에게 걸린 모든 작가들은 남아나질 않았죠.

베르쉬닌　돈이 없으면 어떡하지? 누가 내 돈을 훔쳐갔어! 내가 돈을 도둑맞았다고 이미 말했죠? 네, 훔쳐갔다고요!

프롬프터　그는 대사를 잊어버린 것을 전혀 부끄러워하지 않았습니다.

베르쉬닌　이 정도면 모두 내가 도둑맞았다는 사실을 알았을 겁니다. 그러니 이제는 프롬프터가 다음 대사를 알려 줘야죠.

프롬프터　"어디로 쫓을까?"

베르쉬닌　어디로 쫓을까?

프롬프터　또 베르쉬닌은 계속해서 동선을 바꿨습니다. 무대 왼쪽으로 뛰세요.

베르쉬닌　대사는요?

프롬프터　"어디로 쫓을까?"

베르쉬닌　어디로 쫓을까? 무대 왼쪽으로. 자, 왼쪽에 왔어요. 이제 대사를 알려주세요.

프롬프터　그게 대사라고요! "어디로 쫓을까? 여기로 가면 안 되나? 저기에 없을까? 여기에 없을까?"

베르쉬닌　아! 그걸 말해야 하는 거였군요! 어디로 쫓을까? 여기로 가면 안 되나? 저기에 없을까? 여기에 없을까? 거기 누구야? 거기 서!

베르쉬닌은 자기 팔을 붙잡았습니다.

프롬프터　반대쪽 팔이에요.

베르쉬닌은 반대쪽 팔을 잡으면서 동작을 반복했습니다.

베르쉬닌　내 돈을 내놔, 이 악당아…. 아, 나구나. 얼이 빠져서 내가 어디에 있는지, 누군지, 뭘 하고 있는지 모르겠어. 이다음에 무슨 말을 해야 하는지도 모르겠고.

프롬프터　관객들은 여전히 웃고 있었습니다. 그가 대사를 제대로 말할 때나 틀릴 때나 관객들은 모든 것을 용서했어요. 모두가 베르쉬닌의 모든 것을 용서했죠. 나는 그를 베르쉬닌이라고 부릅니다. 왜냐하면 그가 지주의 아들이기 때문이지요.

베르쉬닌　나는 그를 베르쉬닌이라고 부릅니다. 왜냐하면 그가 지주의 아들이기 때문이지요.

프롬프터　그렇지만 가족들 사이에서도 달갑지 않은 존재였죠.

베르쉬닌　그렇지만 가족들 사이에서도 달갑지 않은 존재였죠. 그는 아버지를 화나게 하려고 연극을 시작했고, 농업기술자가 되기 위해 했던 공부도 끝마치지 않았습니다.

노름과 비싼 해물을 사 먹는 데 돈을 다 써버리기도 했고요. 무용수들의 분장실을 자주 들락거렸습니다. 정치와 의회에 뛰어들었고, 비방하는 글을 썼다가 2~3년 동안 감옥에 가기도 했지만, 언제나 그의 아버지가 손을 써서 꺼내줬죠. 혁명 이후에 땅을 잃게 된 그의 가문은 돈 보따리를 들고 브라질로 도망쳤습니다. 하지만 그는 이곳에 남았습니다. 그는 미래를 믿었거든요. 사실은 과거가 조금 그리웠던 겁니다. 돈이 있는 귀족으로 살았던 시절이요. 그래서 그는 체호프의 인물을 연기하는 것을 견디지 못했습니다. 체호프의 작품에서는 늘 누군가 결국 땅을 잃게 되니까요. 그게 그를 우울하게 만들었던 거죠.

프롬프터　바로 그것이 내가 그를 베르쉬닌이라고 부르는 이유입니다. 저는 배우들의 이야기를 할 때면 절대 그들의 본명을 말하지 않습니다. 언제나 그들이 연기했던 역할의 이름으로 부르죠. 그것은 직업 윤리의 문제입니다.

베르쉬닌　이럴 수가! 나의 가여운 돈!

프롬프터　베르쉬닌은 나의 예술감독의 애인이었습니다. 저는 그녀를 '나의 예술감독'이라고 부릅니다. 그녀가 내 극장의 예술감독이었을 뿐만 아니라 나의 예술감독이기도 했기 때문입니다.

베르쉬닌　나의 가여운 돈이여! 친애하는 나의 벗이여! 누군가 내게서 너를 빼앗아 갔구나. 네가 사라졌으니 나는 이제 버팀목과 위로와 기쁨을 잃었구나!

프롬프터　우리는 〈세 자매〉를 공연하기 훨씬 전에 〈몰리에르〉를 공연했습니다. 〈수전노〉를 공연했을 때만 해도 나의 예술감독은 보석을 갖고 있었는데, 시간이 지나면서 모두 잃게 됐습니다. 공연 티켓을 판 수익금으로 급여를 주지 못하거나 베르쉬닌이 진 빚을 갚아야 할 때마다 보석을 담보로 내줬기 때문입니다. "다 끝났어. 더 이상 내가 살아야 할 이유가 없어."

베르쉬닌　다 끝났어. 더 이상 내가 살아야 할 이유가 없어. 너 없이는 살 수 없어!

프롬프터　극장의 목수가 〈안티고네〉 무대 장식을 만들다가 새끼손가락 반이 잘려나갔을 때 나의 예술감독은 목수를 찾아가서 잘린 손가락에 끼라고 반지를 선물했습니다. 목수는 이렇게 말했죠. "반지는 사라져도 손가락은 남는다는 속담이 떠오르네요."

베르쉬닌　반지는 사라져도 손가락은 남는다. 끝났어. 더는 못하겠어. 나는… 나는 죽어버릴 테다.

프롬프터 "나는 죽었어."

베르쉬닌 나는 죽었어. 죽었다고….

프롬프터 나는 나의 예술감독이 선의로 목수에게 반지를 줬다고 믿고 싶지만, 몇몇 사람들은 극장이 손해보험을 들어 놓지 않았기 때문에 목수가 고소할까 봐 입막음한 것이라고 말했습니다. 어쨌든 〈안티고네〉 공연 이후로, 극장의 목수는 반만 남은 새끼손가락에 늘 그 반지를 끼고 다녔습니다.

베르쉬닌 나는 또다시 죽었습니다….

프롬프터 "나는 땅에 묻혔습니다."

베르쉬닌 당연하잖아요. 내가 죽었으니까 땅에 묻혔지.

프롬프터 "아무도 없고…."

베르쉬닌 아, 그래! 나의 소중한 돈을 돌려주거나 누가 그 돈을 가져갔는지 알려줘서 나를 살릴 사람이 아무도 없 단 말인가?

프롬프터 창문 쪽으로 가세요.

베르쉬닌 네? 뭐라고 하셨어요?

프롬프터 창문 쪽으로 가라고요.

베르쉬닌 착각이군. 아무도 없어.

프롬프터 그는 동선을 절대 지키지 않았기 때문에 나는 무대 뒤를 이리 뛰고 저리 뛰어야 했습니다. "누가 그랬는지 모르겠지만…"

베르쉬닌 누구든 간에…

프롬프터 대사를 속삭일 때는 배우가 말하고 있는 대사의 다음 말을 읽어야 합니다. 그가 이렇게 말하는 순간에,

베르쉬닌 누구든 간에…

프롬프터 나는 이미 다음 대사를 일러줍니다. "그 시간을 제대로 노린 거야."

베르쉬닌 누구든 간에 그 시간을 제대로 노린 거야.

프롬프터 그가 이렇게 말할 때,

베르쉬닌   그 시간을 제대로 노린 거야.

프롬프터   다음 대사를 미리 일러줍니다. "내가 아들 녀석과 이야기를 나누는 동안을 틈탄 거지."

베르쉬닌   누구든 간에 그 시간을 제대로 노린 거야. 내가 배신자 아들과 이야기를 나누는 동안을 틈탄 거지.

프롬프터   좌우를 뛰어다니면서 집중하는 것은… 불가능했습니다. 하지만 그가 절대 빠트릴 수 없는 동선이 있었죠. 그는 문이 있는 곳까지 가야 했습니다. "나가자."

베르쉬닌   나가자. 법의 심판을 구하러 가야겠어. 집안사람 모두 조사받게 할 거야. 하녀들, 시종들, 아들, 딸, 나까지도. 웬 사람들이 모여 있지! 눈에 띄는 놈은 다 의심스럽군. 모두 도둑 같아.

프롬프터   나는 문 뒤에 섭니다.

베르쉬닌   뭐지? 무슨 이야기를 하는 거지? 내 돈을 훔쳐간 놈에 대한 이야기인가?

프롬프터   베르쉬닌은 내가 여전히 문 뒤에 있다는 걸 알

았습니다.

베르쉬닌　저 위에서 나는 소리는 뭐지? 도둑이 저기 있나?

프롬프터　어느 날 베르쉬닌이 문을 열었습니다. 그 일을 말하는 것만으로도 아직 그곳에 있는 것 같습니다. 모두가 보는 앞에서 문이 활짝 열렸습니다. 관객들이 나를 바라봅니다. 내 손에는 대본이 있습니다. 나는 대본 뒤에 숨으려고 합니다.

베르쉬닌　내 돈을 훔쳐간 놈에 대해 아는 게 있다면 말해 주시오.

프롬프터　태어나서 처음으로 무대 위에 섰습니다. 약 1분 정도였지만 평생처럼 느껴졌습니다.

베르쉬닌　당신들 사이에 숨어 있지 않습니까? 저 사람들이 나를 보면서 웃기 시작하는군. 두고 봐. 분명 저들도 도둑질에 동참했을 거야.

프롬프터　베르쉬닌이 웃습니다. 그는 대사를 기억하지 못하죠. 관객들은 나를 보고 있고요. 저는 대사를 일러줍니다. "자, 빨리 오시오, 경찰 나리, 순경님, 헌병님, 재판관 나리, 고문 기계, 교수대, 사형 집행자."

베르쉬닌　　자, 빨리 오시오, 경찰 나리, 순경님, 헌병님, 재판관 나리, 고문 기계, 교수대, 사형 집행자.

프롬프터　　"나는 모두를 교수형에 처하고 싶다."

베르쉬닌　　그래, 내 돈을 못 찾으면 목을 맬 거야.

프롬프터　　베르쉬닌이 문을 닫습니다. 4막이 끝났습니다. 1분 동안 펼쳐진 내 배우 생활도 끝났고요. 이 모든 것은 〈세 자매〉를 하기 훨씬 전이었습니다. 베르쉬닌이 나의 예술감독을 버리기 훨씬 전이었고요. 그가 브라질로 떠나서 다시 돌아오지 않은 것은 한참 후의 일이었습니다.

12장

*

프롬프터　　이제 이해하셨어요? 나는 닫힌 문이 더 좋습니다. 무대 뒤나 옆, 로프, 전깃줄, 커튼 사이가 내 자리입니다. 나는 기계의 한 부품입니다. 착각에 사로잡힐 수는 없어요. 나는 기계를 돌아가게 해야 해요. 나는 기계만을 생각합니다. 길에서 누가 욕하는 걸 들으면 늘 발음이 아쉽

다고 생각합니다. 기차 지나가는 소리를 들으면 음향 효과
가 더 빨리 나왔어야 한다고 생각하고요. 안개가 있으면
조명 위치를 불평합니다. 커플이 벤치에 앉는 것을 보면
그 아름다운 애정신을 위해 그들 옆에 앉아 가장 아름다운
말을 속삭여주고 싶습니다. 나는 극장을 보듯 세상을 봅니
다, 무대 뒤에서 또는 옆에서, 기계들 사이에 있는 내 자리
에서. 이것이 내가 세상을 보는 방식이고, 연극을 보는 방
식이며, 배우들을 보는 방식입니다. 그래서 나는 절대로
공연을 보러 가지 않습니다. 객석에 앉으면 내 자리를 잘
못 찾은 기분이 듭니다. 객석에서는 아무것도 할 수 없습
니다. 세상은 객석에 있는 내게 관심을 보이지 않습니다.

13장
*

베르쉬닌　(회중시계를 바라보면서) 우리는 곧바로 떠날
겁니다, 올가 세르게예브나. 시간이 왔어요. 제가 가장 간
절히 바랐던 바람… 마리야 세르게예브나는 어디에 있죠?

이리나　정원 어딘가에 있을 거예요…. 내가 찾아볼게요.

베르쉬닌　그러면 부탁합니다. 시간이 없어요. 모든 일에
는 끝이 있는 법이지요. 우리도 헤어지게 되네요. (회중시

계를 본다.)

시에서 우리를 위해 송별회를 준비했습니다. 우리는 샴페인을 마셨고, 시장이 연설을 했습니다. 저는 식사를 하면서 연설을 들었지만 제 마음은 여기 당신들과 함께 있었습니다…. (정원을 향해 애정 어린 시선을 건넨다.)

저는 당신들과 함께 있는 것에 길들여졌어요.

올가 언젠가 다시 볼 수 있겠죠?

베르쉬닌 그럴 수는 없을 겁니다. 아내와 딸들이 이곳에서 두 달을 더 머물 거예요. 부탁합니다. 그들에게 무슨 일이 생기거나 그들에게 도움이 필요한 일이 생기면…

올가 네, 네, 물론이죠. 걱정하지 마세요. 내일부터는 이 도시에서 더는 군인들을 볼 수 없게 됐네요. 그런 것들은 추억 속에서 멀어질 겁니다. 물론 우리는 새로운 삶을 시작하게 되겠죠….

긴 침묵.

프롬프터 "아무것도 마음대로…"

올가 아무것도 마음대로 되는 게 없네요. 저는 교장

이 되고 싶은 마음이 없었지만 결국 되고 말았어요…. 그러니까 우리는 모스크바에 가지 않을 거예요.

베르쉬닌 좋습니다…. 당신에게 고맙군요…. 제가 뭔가 잘못한 게 있다면… 저를 용서하세요. 제가 말을 너무 많이 했네요. 정말 많이 한 것 같아요. 그 점도 미안합니다. 저에 대한 나쁜 기억은 모두 잊어주세요.

올가 (눈물을 훔치며) 마샤, 얘는 도대체 왜 안 오는 거야?

베르쉬닌 당신을 떠나면서 제가 무슨 말을 더 할 수 있겠어요? 무엇에 대해 논하겠어요? 삶은 고달프죠. 대다수에게 삶은 답답하고 희망이 없어 보이죠. 그렇지만 삶을 인정하고 나면 점점 더 분명해지고 가벼워지고, 분명 머지않아 환하게 빛날 겁니다. (회중시계를 본다.)
시간이 됐습니다! 시간이 됐어요! 옛날에는 인류가 전쟁을 하느라 시간을 다 보냈습니다. 군사 작전, 침략, 승리가 존재를 대신했죠. 그렇지만 오늘날은 그 모든 게 지나가고, 채울 수 없는 커다란 허무만이 남았습니다. 인류는 열심히 그 허무를 채우려 하고, 언젠가는 분명히 성공하겠지요. 아, 그런 날이 조금 더 빨리 올 수 있다면 얼마나 좋을까요! 성실에 교육을, 교육에 성실을 더해야 할 것입니다.

(회중시계를 본다.)
아무래도 저는 시간이 다 돼서…

마샤가 들어온다.

올가   저기 오네요.

베르쉬닌 작별 인사를 하러 왔습니다.

올가는 그들을 방해하지 않으려고 자리를 비켜준다.

마샤   잘 가요….

긴 입맞춤.

올가   이제 그만….

마샤가 울음을 터뜨린다.

베르쉬닌 편지를 써주세요…, 잊지 말고! 나를 붙잡지 말
아요…. 시간이 된 거예요…. 올가 세르게예브나, 마샤를
잘 돌봐줘요. 나는… 가야 합니다…. 늦었어요….
감동에 젖은 그가 올가의 팔에 입을 맞추고, 마샤를 다시

안더니 급하게 떠난다.

올가　　그만 울어, 마샤! 그만….

쿨리긴　　괜찮아요. 그냥 울게 두세요. 울게 두라고요. 우리 착한 마샤…, 누가 뭐래도 당신은 나의 아내이고 그것만으로도 나는 행복해…. 불만은 없어. 절대 당신을 비난하지 않아…. 올가가 증인이지…. 우리는 어떤 말도, 어떤 암시도 없이 예전으로 돌아갈 거야….

14장
*

예술감독　　할 말이 있어요.

프롬프터　　하세요.

예술감독　　앉아요.

프롬프터　　우리는 저녁에는 체호프를 공연하고, 오후에는 라신을 연습하던 중이었습니다. 예술감독은 공연 시작 전에 자신의 전용 분장실로 나를 불렀죠. 분장실로 들어가보니 예술감독이 긴 의자에 누워 있더군요.

예술감독　지난 번에 내가 대사를 잊어버렸던 건…

프롬프터　누구에게나 일어나는 일이에요. 앞으로는 조금 더 일찍 올 수 있어요. 당신이 필요하다면 그 장면을 함께 맞춰봐도 좋고요.

예술감독　처음 있는 일이었어요.

프롬프터　그래요. 처음으로 당신이 대사를 잊어버리는 걸 봤네요.

예술감독　우리가 꽤 오래 함께 일했죠?

프롬프터　네, 꽤 됐죠.

예술감독　잊어버린 게 아니에요. 공연 중에… 대사를 잊은 게 아니었어요. 나는 다음 대사를 완벽하게 알고 있었어요. "아무것도 마음대로 되는 게 없네. 저는 교장이 되고 싶은 마음이 없었지만 결국 되고 말았어요…. 그러니까 우리는 모스크바에 가지 않을 거예요."
다음 대사는 이거였어요. 커피 한잔 마실래요?

프롬프터　네, 좋아요.

예술감독　산소가 부족했어요. 숨을 쉴 수가 없었다고요.

프롬프터　괜찮은 거예요?

예술감독　아니요, 병원에 갔어요. 의사에게 무슨 일이 있었는지 말했어요. 나는 의사가 청진하고 나서 모든 게 정상이라고, 피로하거나 일시적으로 불안을 느껴서 그런 것이라고 말해주기를 기다렸어요…. 그렇지만 의사는 이상이 있다고 했어요. 폐에 문제가 있대요. 검사를 받았고, 연이어 고문이 계속됐죠. 그리고…

프롬프터　뭐가 문제래요?

예술감독　나도 몰라요. 아직은 정확히 모르고 다른 검사를 해야 해요. 그렇지만 뭔가를 발견하긴 했어요. 그러니까… 심각한 거예요. 심각한 것 중의 하나죠.

프롬프터　확실한 것은 아니잖아요.

예술감독　추가로 검사를 받아야 해요. 병원에서 위급하다고 했어요. 아마도 나한테 무슨 나쁜 소식을 전할지 결정하는 중인 것 같아요.

프롬프터　병원에 갈 때 같이 가줄까요? 언제 가요?

예술감독　몰라요. 아직 예약을 안 했어요.

프롬프터　그렇지만 위급하다잖아요.

예술감독　오늘 저녁에 공연이 있고, 낮에는 연습도 있잖아요. 극장은 주의를 요구해요. 회계, 계약서…, 늘 꺼야 할 불이 있죠..

프롬프터　그래도 검사는 서둘러야 해요. 그게 꺼야 할 불이죠. 연습을 취소해요. 건강 문제잖아요. 모두 이해할 거예요.

예술감독　여기서 우리가 나눈 이야기가 밖으로 새어 나가면 안 돼요.

프롬프터　우리의 대화가 이 대기실 밖으로 새어 나가는 일은 없을 거예요. 제가 일을 시작했을 때 당신이 했던 말을 잘 기억하고 있어요. "프롬프터의 무거운 입은 배우의 가벼운 입에 비례해야 합니다."

두 사람은 웃는다.

예술감독　알아요. 그냥 단지… 이 극장의 복도가 일반 복도보다 소리가 더 잘 울리잖아요. 사람들은 말이 많고, 나는 소문이 싫어요. 사람들은 선을 넘어요. 그들은 묻고 알려고 하죠. 나한테 자기들의 질병과 다리와 가슴과 건강에 대해 말해요. 나는 그런 것을 말하고 싶지 않아요. 싫어요. 당신하고만 하는 말이에요. 게다가 사람들에게 무슨 말을 하겠어요?

프롬프터　자세한 이야기는 할 거 없고 그냥 이상한 게 발견됐다고 하세요.

예술감독　이상한 거요? 누군가 내게 그런 말을 한다면 나는 곧바로 최악을 생각할 거예요.

프롬프터　바로 최악의 생각을 멈추기 위해서 검사를 하는 거예요.

예술감독　어쩌면 의심하며 사는 게 더 나을 수도 있어요.

프롬프터　나쁜 뜻으로 받아들이지 마세요. 저는 당신 말을 받아들일 수 없어요….

예술감독　"아무것도 마음대로 되는 게 없네요. 저는 교장이 되고 싶은 마음이 없었지만 결국 되고 말았어요…. 그러니까 우리는 모스크바에 가지 않을 거예요."

자, 이제 당신도 가봐야죠. 나는 의상을 입어야겠어요. 커피를 안 마셨군요.

15장

*

프롬프터 극장의 목수가 관을 짰습니다. 우리는 장례식장에서 쓰는 그저 그런 관 속에 그녀를 넣고 묻을 수는 없었습니다. 장례가 끝난 후에 산처럼 수북하게 쌓인 꽃을 그녀의 대기실에 가져다놓았습니다. 공동묘지에 두기에는 꽃이 너무 많아서 버려야 할 판이었습니다. 극장 사람들도 원하지 않았고요. 그래서 누군가 그 꽃을 대기실로 가져왔습니다. 나는 〈디니와 이자벨〉 공연의 무대 장치를 위해 꽃잎을 뜯었던 그 시간과 침대에 누워 있던 예술감독만 생각했습니다. 이자벨은 죽었습니다. 몇 주 동안 대기실은 꽃들로 가득 차 있었죠. 그리고 어느 밤에 누군가 그 꽃들을 치웠습니다. 대기실에 있었던 예술감독의 개인 물건들은 극장 기념관으로 옮겨졌습니다. 사람들은 조금씩 대기실을 다시 이용하기 시작했고요. 이제는 다른 대기실과 다를 바 없습니다. 아마도 긴 의자는 없을 겁니다. 아니, 잘 모르겠습니다. 들어가본 적이 없으니까요. 때때로 복도를 지나갈 때면 꽃

향기가 느껴집니다. 그렇지만 절대 들어가지는 않았습니다.

16장

*

코러스장　저기 이스메네가 궁궐 문 앞에서 언니를 위해 눈물을 흘리고 있습니다. 구름이 그녀의 붉은 얼굴에 그늘을 드리우고, 그녀의 사랑스러운 뺨을 적십니다.

크레온　(이스메네에게) 너는 내 집에 뱀처럼 슬그머니 기어들어 왔구나. 내가 왕좌를 위해 이 저주받은 두 계집 애들을 거둬 먹인 것을 모르고 있었다니.
자, 말해보거라. 너도 장례를 도왔느냐, 아니면 너는 아무것도 몰랐다고 맹세하겠느냐?

이스메네　언니가 자백했으니 말씀드리겠습니다. 저도 그 범죄에 가담했습니다. 저도 함께 벌을 받겠습니다.

안티고네　아니에요. 정의가 허락하지 않을 겁니다. 넌 아무것도 하지 않았어. 나는 너의 도움을 거절했고.

프롬프터　당신에게 모든 이야기를 다 들려줄 수는 없습니다. 너무도 긴 세월과 많은 사람과 극이 있지요. 배우들의

이름, 인물들의 이름, 모든 게 뒤섞여 있습니다. 내가 이스
메네라고 부르는 배우는 무대에 오르기 직전에 동생의 부고
를 들었습니다. 그녀는 그날 그 공연에서 유일하게 울지 않
았어요. 평소에 울었던 어느 장면에서도 울지 않았습니다.

이스메네 그렇지만 나는 언니의 불행 속에서 언니와 함
께 폭풍우에 맞서는 게 부끄럽지 않아요.

안티고네 땅속의 그림자들만이 누가 범인인지 알고 있
어. 나는 입으로만 하는 사랑은 싫어.

이스메네 언니, 언니와 함께 죽는 영광과 죽은 자에게 내
의무를 다하는 영광을 나에게서 앗아가지 말아줘요.

안티고네 나는 너와 죽음을 나누고 싶지 않아. 네가 하지
않은 일을 했다고 주장하는 것을 절대 용납할 수 없어. 나
하나 죽는 걸로 충분해.

프롬프터 당신에게 모든 이야기를 들려줄 수 없습니다.
이제 나는 무대 뒷이야기와 극의 이야기도 구별하지 못하
니까요.

이스메네 언니가 없다면 내가 어떻게 삶을 사랑하겠어요?

안티고네 크레온에게 물어보렴. 너는 크레온의 말에 귀를 기울이잖아.

이스메네 왜 나한테 상처를 주나요? 그래서 언니가 얻는 게 뭐죠?

프롬프터 디니는 결혼할 때 돈이 없었습니다. 그래서 그와 그의 정혼자가 페드르 의상을 입었지요. 시대극 같은 결혼식이었어요. 신부가 알렉산드리아 대사 스타일로 설교를 했었다면 완벽했겠죠.

안티고네 너를 조롱하는 일은 나에게도 괴로운 일이야.

이스메네 언니를 위해 할 수 있는 게 아무것도 없나요?

안티고네 네 목숨을 지켜. 그래도 나는 널 원망하지는 않을 거야.

프롬프터 어느 청소하는 여자가 로미오 역할을 했던 배우에게 반해서 그의 모든 대사를 외웠습니다. 어느 아침, 우리는 극장에 왔다가 그 청소하는 여자가 이렇게 말하는 걸 들었습니다. "나의 죄? 오, 매력적인 비난이네요. 나의 죄를 돌려줘요…."

이스메네 가련한 내 신세야. 그러니까 나는 언니의 운명을 나누지 못하는 건가요?

안티고네 너는 삶을 택했고, 나는 죽음을 택한 거야.

이스메네 그렇지만 나는 충분히 조언했어요.

안티고네 어떤 사람에게는 네가 옳고, 또 어떤 사람에게는 내가 옳겠지.

이스메네 그렇다면 우리 둘 다 똑같이 죄를 지은 거예요.

안티고네 걱정하지 마. 너는 살아. 내 영혼은 이미 오래전에 죽었어. 나는 죽은 사람들을 섬기기로 했으니까.

프롬프터 우리는 극장에서 모두 같은 공기를 마십니다.

크레온 이 두 계집애 모두 제정신이 아니군. 하나는 방금 미쳤고, 다른 하나는 태어날 때부터 미쳐 있었고.

프롬프터 극장의 문과 창문은 닫혀 있습니다. 우리는 지난 몇 세기 동안 같은 공기를 마시고 있습니다.

이스메네 왕이시여, 이런 불행 앞에서는 이성도 무릎을 꿇습니다.

프롬프터 배우, 스태프들, 인물들. 우리는 같은 공기를 마십니다.

크레온 너는 범죄자들과 죄를 범하기를 택하였으니 그런 것이다.

프롬프터 크레온의 폐로 들어가는 공기는 20년 전에 다른 크레온의 폐로 들어갔던 공기와 같습니다.

이스메네 제가 어떻게 언니 없이 혼자 살 수 있겠습니까?

크레온 그 계집애 이야기는 더는 하지 말거라, 걔는 이제 없으니까.

프롬프터 어쩌면 그래서 우리는 늘 같은 이야기로 되돌아오는 것입니다.

이스메네 그러니까 당신은 당신 아들의 정혼자를 죽일 셈입니까?

프롬프터 우리는 같은 공기를 마십니다. 우리는 같은 이야기를 합니다.

크레온 그 애가 뿌리는 씨앗을 받아줄 밭이 될 여자들은 얼마든지 있어.

프롬프터 각자만의 방식으로 숨을 쉬지만 그 공기는 같습니다.

이스메네 그렇지만 두 사람이 서로 통하지 않는다면….

프롬프터 나는 그들이 숨을 쉬는 것처럼 숨을 쉬어보려고 합니다.

크레온 나는 내 아들이 악녀들을 만나는 걸 원하지 않아.

프롬프터 나는 모든 배우와 호흡을 함께 합니다.

안티고네 사랑하는 하이몬, 당신의 아버지는 이토록 당신을 능욕하는군요!

프롬프터 그들은 각자만의 방식으로 호흡하고, 나는 그들을 따라 호흡합니다.

크레온   너는 네 결혼으로 나를 성가시게 하는구나!

코러스장   당신 아들에게서 안티고네를 빼앗을 것입니까?

크레온   하데스가 이 결혼식을 없었던 일로 만들 거야.

프롬프터   늘 똑같은 이야기로 그 부패한 공기를.

코러스장   당신은 그녀가 죽어야 한다는 결론을 내렸군요.

크레온   그래, 우리 두 사람을 위해 내린 결론이야. 이미 충분히 지체했어. 포로들을 안으로 데려오너라. 저 여자들을 묶어야 한다, 가장 용감한 것들도 죽음의 위협 앞에서는 도망치기 마련이니까.

코러스장   불행을 맛보지 못한 이들은 얼마나 행복한가! 신이 집안을 한번 뒤흔들면 대대손손 재앙에 쓰러지리라. 트라키아에서 불어 온 거센 돌풍이 심해를 들어 올릴 때, 시커먼 진흙 소용돌이가 찢기고, 해변에 채찍을 맞은 절벽의 포효가 울려 퍼질 때 그 파도처럼.

17장

베르쉬닌   좋지 않은 소식이에요. 그렇지만 아직 희망은
있습니다.

예술감독   무슨 소식인데요?

베르쉬닌   그러니까… 일단 가능한 한 빨리 앞당길 거예요.

예술감독   앞당기다니, 뭘요?

베르쉬닌   최대한 빨리 수술해야 해요. 검사 결과와 증상
을 봤을 때 수술이 최선입니다.

예술감독   언제요?

베르쉬닌   가능한 한 빨리요. 아직 추가 검사가 남아서 아
마도 일주일 후가 될 겁니다.

예술감독   회복은요? 오래 걸려요?

베르쉬닌   그래요. 고통스러울 수 있지만 그렇게 되지 않
도록 할 겁니다.

예술감독   오래 걸리냐고요?

베르쉬닌   회복은 무엇보다 수술이 어떻게 되느냐에 달려 있어요. 빨리 회복될 수도 있고. 하루이틀, 어쩌면 나흘. 수술이 잘되면 일단 제일 큰 문제가 해결이 되고, 꽤 빠르게 회복될 수도 있습니다. 물론 치료는 계속 받아야 합니다. 그렇지만 지금 중요한 건 수술이에요. 깨끗하게 제거가 되어야… 이해하시죠? 수술은 철저하게 진행될 겁니다. 림프계에 세포가 전이되지 않도록 해야 하는데, 수술을 해봐야 알 수 있습니다.

예술감독   잘될 것 같나요?

사이.

베르쉬닌   아주 잘될 수도 있어요, 그럼요.

예술감독   잘 안 되면요?

베르쉬닌   수술로 문제가 해결되지 않는다면, 병원에 더 오래 입원하셔야 할 겁니다. 장기 치료를 해야 해요.

예술감독   더 오래라면…

베르쉬닌　말씀드린 것처럼 수술을 해봐야 확실히 알 수 있어요. 제가 가장 걱정하는 것은 당신의 증상입니다. 산소 부족과 구토요.

예술감독　첫 공연이 있어요.

베르쉬닌　첫 공연이요? 연극 말인가요? 저는 당신이 일을 계속할 수 없다고 생각합니다만.

예술감독　이미 편성되어 있는 공연이에요. 할 수 있을까요? 제가 할 수 있겠죠? 그 공연을 위해서 정말 많은 사람이 노력했어요. 모두 잘될 거예요. 잘될 거라고 이미 확신해요. 그러니까 내 말은… 슬픈 이야기에요. 결말이 슬프죠. 그렇지만 잘될 거예요. 그 작품을 한다는 것 자체가 정말 중요해요.

베르쉬닌　첫 공연이 언제죠?

예술감독　3주 후에요. 선생님도 초대할게요. 좌석 두 자리를 예약해둘까요?

베르쉬닌　꼭 가고 싶군요. 그렇지만 당신도 저도 첫 공연에는 갈 수 없을 거예요. 그 전에 우리는 수술을 해야 하니까요.

예술감독 수술을 여름에 하면 안 되나요?

베르쉬닌 저는 수술을 미루지 않기를 강력히 권합니다.

예술감독 여름으로 미루면 어떻게 되죠?

베르쉬닌 지금보다 치료 확률이 낮아집니다.

예술감독 지금은요? 확률이 높아요?

베르쉬닌 여름에는 더 낮아져요.

사이.

예술감독 마지막 대사를 다시 한번 해볼래? 조금 덜 솔직
하게?

베르쉬닌 덜 솔직하게?

예술감독 너무 확신하지 말고.

베르쉬닌 다시 한번 대사를 줄래?

사이.

예술감독   지금은요? 확률이 높아요?

베르쉬닌   여름에는 더 낮아져요.

예술감독   그게 아니야.

베르쉬닌   나는 느낌이 왔는데.

예술감독   "여름에는 더 낮아져요."라는 말을 "어쨌든 당신은 치료할 수 없을 거예요"라고 말하듯이 할 수 있겠어?

베르쉬닌   말이 안 되잖아.

예술감독   자기야, 베르쉬닌, 이건 중요해. 내가 부탁한 대로 해봐. 미소를 지으면서 "여름에는 더 낮아져요"라고 대사를 해봐. 수녀님들이 짓는 미소를 지어 봐. 아무것도 할 수 있는 게 없을 때 사람들이 짓는 연민의 표정이나 무능력하고 슬픈 미소 말이야. "여름에는 더 낮아져요" 비극의 초반에 등장해서 결국 모든 게 불행하게 끝날 수밖에 없다는 것을 우리에게 알려주는 테이레시아스의 미묘한 그런 미소라고. 내가 부탁한 걸 할 수 있겠어? 해볼래?

베르쉬닌   그러니까 슬프면서도 애매한 미소를 원하는 거야, 아니면 무기력한 미소를 원하는 거야? 조금 더 분명하게 말해봐.

예술감독   일단 해보자고. 당신이 제대로 하면 내가 말해줄게.

베르쉬닌   말이 안 돼.

예술감독   부탁해….

베르쉬닌   연극론적인 입장에서 말이 안 돼. 마지막 장면에 왜 미소를 짓지?

예술감독   그는 늘 미소를 짓고 있어.

베르쉬닌   무대에서 계속 미소 지을 수는 없어.

예술감독   당신은 거기 없었잖아. 그 의사는 진료를 시작할 때부터 마지막까지 미소를 지었다고.

베르쉬닌   그렇지만 여기 있는 건 나잖아. 내가 그 역할을 맡았고. 의사가 계속 미소 짓고 있을 수는 없어. 당신은 그가 "최대한 빨리 수술해야 해요. 검사 결과와 증상을 봤을 때 수술이 최선입니다"라고 말할 때 미소 짓기를 바라지만, 그 말을 하면서 미소 지을 수는 없어.

예술감독　그냥 한번 해보면 안 돼? 부탁이야.

사이.

베르쉬닌　여름에는 더 낮아져요.

예술감독　그보다 더 위에서부터 해볼까?

베르쉬닌　어디?

예술감독　"잘 안 되면요?"부터. 대신 목소리를 조금 더 낮게, 천천히, 미소를 지으면서.

베르쉬닌　"잘 안 되면요?" 그건 당신 대사 아니야?

예술감독　그래, 의사가 "우리는 수술을 해야 하니까요"라고 말하는 대사에서, "해야만 하니까요"라고 해줄래? "해야만 하니까요"라고 해야지, "우리는 해야 하니까요"가 아니라. 그게 거슬려.

베르쉬닌　그렇지만 의사가 "우리는 해야 하니까요"라고 말하지 않았어? 그게 틀렸다고 해도 정확히 그가 말한 대로 하는 게 더 나을 것 같은데.

예술감독　좋아, 당신 마음대로 해.

베르쉬닌　우리는 아주 정확하니까….

예술감독　해볼까?
(사이.)
잘 안 되면요?

베르쉬닌　수술로 문제가 해결되지 않는다면 병원에 더 오래 입원하셔야 할 겁니다. 장기 치료를 해야 해요.

예술감독　더 오래라면…

베르쉬닌　말씀드린 것처럼 수술을 해봐야 확실히 알 수 있어요. 제가 가장 걱정하는 것은 당신의 증상입니다. 산소 부족과 구토요.

예술감독　첫 공연이 있어요.

베르쉬닌　첫 공연이요? 연극 말인가요? 저는 당신이 일을 계속할 수 없다고 생각합니다만.

예술감독　이미 편성되어 있는 공연이에요. 할 수 있을까요? 제가 할 수 있겠죠? 그 공연을 위해서 정말 많은 사람이 노력했어요. 모두 잘될 거예요. 잘될 거라고 이미 확신해요. 그러니까 내 말은… 슬픈 이야기예요. 결말이 슬프죠. 그렇지만 잘될 거예요. 그 작품을 한다는 것 자체가 정말 중요해요.

베르쉬닌　첫 공연이 언제죠?

예술감독　3주 후에요. 선생님도 초대할게요. 좌석 두 자리를 예약해둘까요?

베르쉬닌　꼭 가고 싶군요. 그렇지만 당신도 저도 첫 공연에는 갈 수 없을 거예요. 그 전에 우리는 수술을 해야 하니까요.

예술감독　수술을 여름에 하면 안 되나요?

베르쉬닌　저는 수술을 미루지 않기를 강력히 권합니다.

예술감독   여름으로 미루면 어떻게 되죠?

베르쉬닌   지금보다 치료 확률이 낮아집니다.

예술감독   지금은요? 확률이 높아요?

베르쉬닌   여름에는 더 낮아져요.

사이.

예술감독   알겠어? 내가 무슨 말을 하려는지 알겠냐고?

베르쉬닌   마지막만 다시 해볼까?

사이.

예술감독   수술을 여름에 하면 안 되나요?

베르쉬닌   저는 수술을 미루지 않기를 강력히 권합니다.

예술감독   여름으로 미루면 어떻게 되죠?

베르쉬닌   지금보다 치료 확률이 낮아집니다.

예술감독　지금은요? 확률이 높아요?

베르쉬닌　여름에는 더 낮아져요.

사이.

예술감독　내 생각이 맞았어. 아니야? 당신도 나랑 똑같이 느꼈지?

베르쉬닌　의사가 정말 그렇게 말했어?

예술감독　응.

베르쉬닌　자기야…

예술감독　나는 그냥 확신하고 싶었어.

베르쉬닌　내 생각에는 수술을 미루는 건 정말 아닌 것 같아.

예술감독　나는 당신이 브라질로 떠나는 게 정말 아닌 것 같아.

베르쉬닌　안 가. 당연히 안 가지. 내가 비행기 티켓을 산

것은 우리가 이야기를 나눴을 때 당신이 가라고 했기 때문이야. 내가 다음 공연에 참여하지 않으니까 그 시간을 이용해야 한다고 했잖아.

예술감독　당신은 내 말을 제대로 듣지 않았던 게 분명해.

베르쉬닌　내가 가지 않기를 바라는 거야? 그러면 가지 않을게.

예술감독　나는 당신의 말을 주의 깊게 듣는데.

베르쉬닌　안 갈게, 정말로.

사이.

프롬프터　그래, 부탁해. 베르쉬닌, 가지 마.

예술감독　그래, 부탁해, 베르쉬닌….
(프롬프터에게)
어디에 그런 말이 적혀 있어요?
(예술감독은 프롬프터가 손에 들고 있던 대본을 뒤적인다.)
이건 당신이 해서는 안 되는 일이에요. 당신이 대사를 바꾸면 안 되죠. 당신은 모든 것을 기억할 수 있지만 지어내서는 안 돼요. 대본에 적혀 있는 것을 당신이 바꿀 수는 없단 말이에요, 당신은 프롬프터니까. 당신은 거기 없는 거예요. 당신이 거기 있다면, 당신은 그림자로 있는 거죠. 나는 여기, 조명을 받으면서 있고요. 내 대사가 뭔지 알아요. 내가 뭐라고 했냐면…

베르쉬닌 좋아. 가지 않겠어.

예술감독 아니, 당신은 가야 해.

베르쉬닌 확실해?

예술감독 응, 수술은 여름에 할 거야.

베르쉬닌 그러지 마.

예술감독 결심했어. 그래, 이게 더 나은 것 같아. 이렇게 하자. 내가 수술받을 때, 당신이 브라질에서 돌아오는 거야. 그러면 당신은 나와 함께 여기에 있게 되겠지. 나는 공연을 하고. 그렇게 시즌을 마무리하자. 그게 좋겠어.

베르쉬닌 그렇지만 의사가 하는 말이…

예술감독　당신은 거기 없었잖아.

베르쉬닌　지금, 여기 있잖아. 나는 의사가 하고 싶었던 말이 뭔지 안다고.

예술감독　당신은 아무것도 몰라. 당신의 연기는 형편없었어. 당신이 연기한 것과 전혀 달랐다고. 당신에게 상처 주지 않으려고 말하지 않았던 거야. 솔직했어야 했는데. 당신이 연기를 못할 때마다 한 번도 형편없다고 말하지 못했어. 나는 거기에 있었으니까 알잖아. 상황이 전혀 달랐어. 내가 지금 무슨 짓을 하고 있는지 잘 알아. 당신은 브라질에 가, 더 이상 말하지 말고.

베르쉬닌　진심이야?

예술감독　그래, 자기야. 곧 여름이 올 거야.

베르쉬닌　눈 깜빡할 사이에 지나갈 거야.

예술감독　그래, 나의 베르쉬닌. 눈 깜빡할 사이야. 그렇지만 헷갈리지 마. 브라질이 여름일 때 여긴 겨울이니까. 당신은 여름에 이곳으로 돌아와야 해. 들판에서 매미 소리가 들릴 때, 그때가 바로 우리의 기쁘고 즐거운 여름일 거야.

베르쉬닌　걱정하지 마, 초여름에 돌아올 테니까. 매미 소리가 들릴 때.

예술감독　그 대사를 다시 해줄래, 이번에는 정말 돌아올 것처럼?

베르쉬닌　걱정하지 마, 초여름에 돌아올 테니까. 매미 소리가 들릴 때. 이게 더 낫지?

예술감독　좋아, 베르쉬닌.

18장

*

예술감독　그만하세요. 그만해요! 지나치게 자비로우신 왕자님들,

두 사람 다 나를 어떤 궁지로 밀어 넣으려는 건가요!

당신들을 바라보든 깊이 생각하든

사방에서 절망적인 장면만 보입니다. 나는 눈물만 보여요.

분란과 공포와 곧 흘리게 될 피에 대한 이야기만 들립니다.

(티투스에게)

내 심장이 당신을 알아봅니다. 폐하, 저는 한 번도

제국을 원했던 적이 없었습니다.

로마의 위엄도 시저의 왕위도

아시다시피 제 시선을 끌지는 못했어요.

당신의 사랑으로 이 불행한 세계는

티투스가 모든 열망을 이루는 동안

그의 덕으로 새로운 첫 열매를 맛보고

어느 순간 달콤함을 빼앗기게 되는 것을 가만히 지켜봐야

할 거예요.

5년 전부터 오늘 마지막 날까지

당신은 진정한 사랑을 확신했던 것 같습니다.

그게 다가 아닙니다. 저는 이 결정적인 순간에도

마지막 힘을 다해 나머지 모든 것을 완수하기를 원합니다.

저는 살 겁니다. 당신의 절대적인 명령을 따를 거예요.

안녕, 폐하, 통치하소서. 저는 당신을 다시 보지 않을 겁니다.

(안티오쿠스에게)

왕자님, 이 작별 인사가 끝나면 당신 스스로 잘 판단하세요.

저는 로마에서 먼 곳으로 가서 다른 맹세를 듣기 위해

사랑하는 사람을 떠나는 것이 아닙니다.

19장
*

예술감독   당신은 무대 위에 혼자 있어요. 당신은 매일 이
버려진 극장에 와서 지난 시간 동안 당신이 해왔던 연극의

대사를 속삭입니다. 당신은 무대 위를 걷습니다. 무대 뒷이야기를 떠올립니다. 이곳에 사람들이 가득했던 시간을 떠올리고요. 창고에 저장된 이 낡은 마루판 위에서 연극을 했던 시절 말이에요. 당신이 이곳에 있어서 극장이 다시 숨을 쉬지요. 당신이 있어서 우리가 이 공간을 여전히 극장이라 부를 수 있는 겁니다. 당신이 거닐고 있기 때문에 오래된 마루판은 다시 무대가 되고요. 그러나 모든 것은 당신의 기억 속에 있습니다. 배우도, 스태프들도, 관객도 이제 없습니다. 아무도 없어요. 오직 당신뿐입니다.

프롬프터　무대 위에 혼자 있으라니, 그건 말이 되지 않아요. 나는 관객에게 말을 걸지 않습니다. 관객을 보라고요? 관객에게 말하라고요? 죄송해요. 나는 연출가도 작가도 아닙니다. 당신이 잘 알겠죠. 관객에게 말을 거는 프롬프터는 말이 되지 않습니다.

예술감독　이건 시적 이미지예요.

프롬프터　이건 시가 아니라 연극이라고요. 당신은 배우 없이 프롬프터에 관한 연극을 할 수 없어요. 정말로요. 배우가 없으면 저는 한마디도 하지 않을 거예요.

예술감독　알겠어요. 생각해볼게요…. 커피 한 잔 더 할래요?

프롬프터　게다가 모든 배역의 캐스팅도 어려운 상황이죠. 우리가 연습하는 공연을 취소한다면, 그 공연의 배우들을 쓸 수 있을 거예요. 이자벨, 소피아, 주앙 페드로, 비토르, 어린… 베아트리츠. 그녀는 정말 훌륭해요. 그런데 내가 무대에 서고 그 사람들이 일자리를 잃는다고요? 말도 안 되는 소리죠. 그런 일은 있을 수 없어요.

예술감독　그렇다면… 배우들은 유령들이겠죠. 그래서 당신이 옛 희곡의 대사를 속삭일 때, 마법처럼 무대 위에 공연이 펼쳐지고, 당신이 배우들을 부르는 거예요. 그러면 그 배우들은 당신이 일러준 대사를 말하고요.

프롬프터　죄송하지만… 유령 배우들이요? 우울하네요.

예술감독　그래요. 당신은 살아 있는 배우들에게 달라붙은 유령이죠. 당신은 극장의 호흡이고 극장의 기억이자 극장의 허파예요.

프롬프터　나는 당신이 유령과 폐허에 집착하는 이유를 모르겠어요. 내 아들뻘인 사람이 어쩌면 그렇게 염세주의적인가요?

예술감독　모든 것에는 끝이 있어요.

프롬프터 모든 것에 끝이 있다는 건 알아요. 모든 것은 순식간에 지나가죠. 그렇지만 끝이 오기도 전에 우리가 정말로 끝을 이야기해야 하나요? 어떤 것이 존재하는 동안 만큼이라도 그냥 좋아하면 안 되나요?

예술감독 다른 방식으로 좋아하는 거예요.

프롬프터 끝나고 나서야 더 좋아하게 되나요?

예술감독 다른 방식으로요.

프롬프터 좋아요. 알겠어요. 그렇지만 유령 없이 좋아하면 안 되나요?

예술감독 유령을 원하지 않는다면…, 다른 방법을 생각해볼게요. 그전에 나는 커피 한 잔을 더 주문해야 할 필요가 있겠어요. 한 잔 마실래요?

프롬프터 나는… 해야 해요.

예술감독 뭘 해야 한다고요…?

프롬프터 아니요, 당신은 커피 한 잔을 더 주문해야 한다고요, "필요가 있겠어요"가 아니라…. 나는 됐어요. 고맙습니다. 커피를 너무 많이 마시면 안 되거든요.

20장

*

프롬프터　커피 한 잔을 더 마신 후에 내 극장의 예술감독은 지난 시간 동안 내가 속삭였던 모든 대사들을 모아서 공연을 만들자고 제안했습니다. 그는 내가 배우에게 대사를 일러줄 때마다 기록을 해뒀다는 사실을 알고 있었습니다. 나는 대사에 밑줄을 긋고 날짜를 적어뒀습니다. 늘 그렇게 해왔어요. 만약 누군가 극장의 기록 보관소에서 내가 프롬프터로 참여했던 모든 대본을 찾는다면, 내가 지금까지 일하는 동안에 속삭였던 모든 대사들을 정확히 알 수 있을 겁니다. "이제 누가 꽃병을 엎었는지 알아야겠어. 행동하는 것을 두려워하지 않는 자는 말을 두려워하지 않지. 너는 너무도 뱅쿠오의 그림자를 닮았구나! 저기! 오직 죽음만이 현실이고, 우리가 죽음을 볼 때는 모든 게 꿈의 통로로 물러나. 내가 한마디 덧붙여도 되겠습니까? 사랑을 위해 죽는 것은 영광입니다. 침묵 뒤에 숨지 마. 6개월 후면 나는 시체의 장점이라고는 하나도 누리지 못하고 단점만 지니게 될 겁니다. 나는 가해자를 존중하는 피해자를 증오합니다. 나는 매일 일어나는 일을 재현합니다. 입김만 훅 불어도 부서진 몸이 주저앉을 수 있어. 침묵 뒤에 숨지 마. 어디로 쫓을까? 여기가 아닌가? 나는 끝났어. 이제 살아갈 이유가 없어. 나는 죽었어. 나는 땅속에 묻혔어. 나는 네가 생각하기도 전에, 너의 생각을 짐작할 수 있어. 나는 그를 사랑하지 않은 적이 한 번도 없어요. 그 몇 시간 동안에 모든 일을 겪으면서 너무도 많이 경험하고 생각해서 후손들의 계몽을 위해 삶을 살아가는 방식에 대한 책을 쓸 수도 있을 것 같아. 나는 혼자야. 나는 백 년에 한 번씩 입을 열고 내목소리는 이 사막에 슬프게 울리지만 아무도 듣지 않아. 이폐허에서 내가 무엇을 하겠어요? 아무것도 마음대로 되는 것은 없어요. 저는 절대 교장이 될 마음이 없었지만 이렇게 됐잖아요. 그러니까 우리는 모스크바에 가지 않을 거예요. 3일째 잠도 못 자고 쉬지도 못했어요. 머리를 어디에 기대보지도 못하고 늘 쉬지 않고 밤낮으로 다녔죠, 여기까지 오기 위해서요. 당신에게 내 메시지를 전하기 위해서….″

이런 것들이 있었죠. 나는 당신에게 지난 10년 동안 내가 속삭였던 대사들을 읽어드렸어요. 내가 이 대사들을 모두 읽는다면, 39년 동안 내가 해온 일을 읽어드린다면, 정확히 18분 23초가 걸릴 겁니다. 내 극장의 예술감독은 시간을 구성하는 여러 층에 대해 막연히 시적인 어떤 말을 했지만, 나는 그에게 18분 23초짜리 공연을 할 수 없다고 대답했습니다. 터무니없는 일이죠. 말도 안 됩니다. 사람들이 돈을 내고 티켓을 사는데 18분 23초 이상은 되어야죠.

그는 조금 실망한 것 같았지만 그 아이디어가 쓸모없다는 사실을 받아들였습니다. 매우 지루한 18분 23초가 되었을 테니까요.

21장

*

프롬프터 내 극장의 예술감독은 이렇게 생각했습니다.

예술감독 죽지 않기. 무엇보다 죽지 않기. 살아가기. 비극의 도입부에 예언자 테이레시아스처럼 신중하고 상냥하게 진단을 내리는 의사 앞에서 흐트러지지 않기. 삶의 근간이 되는 것들은 눈에 보이지 않는 것들이라고 주장하는 우리가 옳았다는 것을 알기. 우리는 우리가 한 말을 의심했을 때조차도 옳았다. 우리는 늘 우리가 말하는 것들을 의심하고, 또 말 사이에 둔 침묵을 침묵이라고 부르지 않으며, 그것에 의심이라는 이름을 붙인다는 것을 알고 있으니까. 의심 속에서도 살아가기. 죽음에 대한 생각에 직면할 때, 우리가 삶에 속해야 하는 이유인 미래의 신비를 다시 확인하기. 세상 사람들이 우리와 합류할 것이라고 희망하며 주저앉아 있을 곳을 알려주며 세상을 있는 그대로 받아들이며 따지지 말고 무력한 패배자가 되어 임종의 시간을 기다리라고 말하는 죽음의 상냥한 초대장을 거절할 줄 알기. 죽음을 밀어내고 세상을 보러 떠나기. 방랑자가 되어 산 너머에 숨어 있는 것을 발견하고 밤의 끝을 향해 여행하기. 어쩌면 세상의 아주 작은 부분을 변화시킬 때까지, 아니 절대 해내지 못할 수도 있지만, 삶에 의해 패배자가 되기. 무엇보다 죽지 않을 것. 좁은 진료실에서 테이레시아스가 공포를 예언할 때, 죽음에 대한 생각이 우리와 함께 있다는 사실을 알기. 죽음의 팔꿈치가 우리의 팔꿈치를 스치는 것을 느끼면서도 살아 있기. 살아 있는 자만이 죽음의 배회를 상상하고 그것을 우리의 삶에 도움이 되는 이야기로 옮길 수 있으니까. 그렇다. 우리의 적에 대해 쓰고 읽는 일, 우리를 사로잡는 죽음의 형태를 다루는 연극을 만들고 보는 일이 그것이다. 그러나 절대로 치명적인 순응주의의 대열을 늘려서는 안 된다. 이 모든 게 양심을 달래거나 사기를 북돋아주기 위한 막연히 시적이고 위대한 생각들의 나열처럼 보일 수도 있지만, 살아남기를 선택한 사람들은 이런 것들이 어느 여름날 매미가 우는 소리만큼이나 구체적이라는 것을 안다. 무엇보다 죽지 않기. 늘 그래왔듯이 힘든 시간 속에서 살아남는 일의 달콤한 괴로움을 음미하기. 그러나 편안한 시간에는 절대 그럴 수 없다, 편안한 시간이란 존재하지 않는다는 것을 우리는 잘 알고 있으니까. 누군가 우리에게 오직 이 세계만이 가능하다고 말할 때, 그들이 우리에게 말하는 것은 죽음이고, 우리는 죽음과 싸우는 타자들임을 알기. 그러기 위해 우리는 공공장소들과 우리가 살아남을 수 있는 은밀한 장소를 지켜나가야 한다. 우리는 신비한 것에 자신을 바치는 순간을, 우리가 우리를 만나 "여기에 있는 우리는 어쩌면 소수에 불과할지도 모르지만, 확실한 것은 우리가 죽음을 마주하면서도 살아남기를 선택했다는 것이다"라고 말하는 그 순간을 지켜내야만 한다. 고함을 치는 대신에 속삭이기. 세상의 소란을 거부하기. 우리가 듣고 싶지 않을 때도 늘 그곳에 있었던, 침묵 사이에서 들려오는 숨소리를 듣기. 바람의 소리를, 생각의 호흡을, 장소의 정신을, 우리가 처음으로 자신을 마주한, 하나뿐인 그 짧은 순간을 지켜내기. 무엇보다 죽지 않을 것.

프롬프터　자, 이것이 내 극장의 예술감독이 긴 휴식 시간 동안에 생각했던 것입니다. 결국 이 말을 하기 위해서였죠.

예술감독　아직 좋은 아이디어가 떠오르진 않지만, 당신을 위한 글을 정말 쓰고 싶어요. 그래도 되겠습니까?

22장
*

프롬프터　나는 내가 왜 이 공연을 하겠다고 했는지 아직도 모르겠습니다. 폰투 지 엥콘트루에 있었고, 내 극장의 예술감독이 1977년 2월 14일에 태어났음을 생각했던 것을

기억합니다. 아마도 그때였던 것 같습니다. 그가 태어난 날과 내가 처음으로 공연을 했던 날이 같았으니까요. 1978년 2월 14일이었거든요. 나는 운명을 믿습니다. 내게 우연은 결코 우발적인 것이 아니지요. 모든 것은 쓰여 있습니다. 어디에 누가 썼는지 모르지만, 우리가 말하는 것, 우리가 하는 것, 배경, 소품, 의상, 우리 인생의 장면마다 비추는 조명까지 모든 게 기록된 스크립트가 있습니다. 그리고 우리 안에 있는 무대 뒤에서 우리에게 일어날 일을 말해주는 프롬프터가 있지요.

해가 지고 난 후에 폰투 지 엥콘트루에서 나오니 온 거리가 그림자로 덮여 있었습니다. 강에서 온풍이 살랑살랑 불어오고 있었고요. 내 극장의 예술감독은 커피 아홉 잔을 마시고 손을 떨었고, 내 손은 두려움에 떨렸지요. 그는 정확히 그 순간에 내가 공연을 허락했다고 쓴 것 같았습니다. 그러고 나서 우리는 관계자 전용 출입문을 향해 걸었습니다. 나는 내 극장의 예술감독에게 물었습니다. "연습은 언제 시작하나요?"

23장

*

프롬프터 그것이 이 공연을 끝내기에 적절한 순간이 될 수도 있었을 겁니다. 나는 살면서 처음으로 무대 위에 올라가는 것을 허락했습니다. 자, 커튼, 블랙아웃, 아니 뭐든 상관없습니다. 거기서 끝났습니다. 그렇지만 연습 첫날에 내 극장의 예술감독은 장면 하나를 추가하겠다고 고집을 피웠습니다. 연습 첫날에 늘 그렇듯이 나는 미리 도착했습니다. 그리고 배우들이 나타났죠. 내 기억에 이자벨의 이름은 클리템네스트르였을 겁니다. 후앙 페드로는 아르치였던 것 같고요. 비토르는 아마 앙투안이었을 겁니다. 소피아는 클레오파트라였고, 베아트리츠는 처음 함께 작업하는 것이라서 기억하는 이름이 없었습니다. 바로 그녀가 내가 극장에서 처음 일했던 날에 대해 물었습니다.

24장

*

프롬프터 스물한 살이었습니다. 텅 빈 객석의 통로로 내려갔던 것을 기억합니다. 예술감독이 무대에 있기를 바랐지만 거기에는 무대 장식을 만들던 목수밖에 없었죠. 그의 손가락이 아직 잘리기 전이었습니다. 그가 예술감독이 대기실에서 나를 기다리고 있다고 말해줬습니다. 그날, 그녀는 내가 일하게 된 극장의 예술감독이었을 뿐, 아직 나의 예술감독은 아니었습니다. 내가 대기실에 들어가자 그녀가 내게 긴 의자에 앉으라고 말했습니다. 라디오에서 니나 시몬의 노래가 나오고 있었지요. 그녀는 노랫소리처럼 내게 말했습니다. "젊은 아가씨, 당신은 오늘부터 이 극장에서 일하게 될 거예요. 그렇지만 언제 그만둘지는 알 수 없어요. 내일이 될 수도 있고, 1년 후가 될 수 있고, 4년 후가 될 수도 있어요. 당신은 이 극장의 프롬프터가 될 거예요. 다시 말해 극단의 배우들이 당신을 필요로 한다는 뜻이지요. 언제 필요한지, 당장이 될지 한참 후가 될지 알 수 없지만, 나를 포함한 우리는 당신을 필요로 하게 될 거예요. 그렇기 때문에 그런 순간이 오면 당신이 우리를 구할 수 있다는 확신이 있어야 해요. 당신은 내가 요구하는 모든 것을 해야 해요. 일을 배워야 하고, 우리를 돕기 위해 최선을 다해야 해요. 당신은 조연출이 되었다가, 무대 감독이 되었다가, 비서가 되기도 할 거예요. 비밀과 고백과 험담을 듣게 될 거고, 그 모든 것을 간직하게 될 겁니다. 그렇지만 프롬프터의 신중함은 배우들의 무분별함에 비례해야 한다는 것을 늘 명심해야 해요. 당신이 매일 이 모든 것을 해낸다면, 나는 내가 필요할 때 당신에게 의지할 수 있을 거예요. 자, 이건 내일 우리가 연습을 시작할 대본이에요. 검은 옷을 입고 오세요. 제일 먼저 와 있어야 합니다. 프롬프터 박스가 어디에 있는지 말해주지 않아도 되겠죠?" 나는 대답했습니다. "네, 어디에 있는지 알아요. 고맙습니다. 어쩌면 기억 못 하실 수도 있는데…" 그러자 나의 예술감독이 내 말을 끊고 말했습니다. "기억해요, 무대 위에 살포시 올렸던 손가락." 이렇게. 러브 미, 러브 미, 세이 유 두.

25장

*

프롬프터   이것도 이 극을 마무리하기에 좋은 기회일 수
있었어요. 1978년 2월 14일, 나의 첫 공연의 추억으로 끝
내는 거죠. "러브 미, 러브 미, 세이 유 두." 그렇지만 내 극
장의 예술감독은 그 공연을 끝내고 싶어 하지 않았습니다.
그는 또 한 장면을 넣고 싶어 했어요. 이번에는 정말 마지
막 장면입니다. 조명을 보면 알 수 있어요. 정말 끝이에요.
배우들에게 나의 첫 공연을 이야기하고 나니 그들이 언젠
가 무대 위에서 혼자 관객을 맞이할 수 있겠느냐고 묻더군
요. 나는 그들에게 이론적으로는 너무 좋겠지만, 현실적으
로 그런 일은 없을 거라고 대답했습니다. 그렇지만 그들은
계속 물었어요. "어떻게 할 거예요?"

26장

*

프롬프터   〈베레니스〉 초연 때였습니다. 모든 게 순조로
웠어요. 우리는 무대 뒤에 있었습니다. 나의 예술감독은
베레니스를 연기했고요.

사랑했습니다, 폐하. 저는 사랑했습니다. 사랑을 받고 싶
었습니다.

고백하자면, 그날 저는 많이 놀랐습니다.

저는 당신의 사랑이 끝났다고 믿었거든요.

저의 잘못을 알고 있습니다. 당신은 저를 여전히 사랑하시는군요.

당신의 마음은 혼란스럽고, 저는 당신이 눈물을 흘리는 것을 봤습니다.

늘 그랬듯이 나는 그녀를 따라서 숨을 쉬었습니다.

지난 5년 동안 오늘 마지막 날까지

당신은 진정한 사랑을 확신했던 것 같습니다.

그게 다가 아닙니다. 저는 이 결정적인 순간에

마지막 힘을 다해 나머지 모든 것을 완수하기를 원합니다.

저는 살 겁니다. 당신의 절대적인 명령을 따를 겁니다. 안녕, 폐하, 통치하소서. 저는 당신을 다시 보지 않을 겁니다.

그러다가 나는 어느새 대본에서 눈을 떼고 말았습니다. 나도 모르게 빠져들었던 거죠. 그녀가 대사를 말했지만, 나는 더 이상 대본을 따라가고 있지 않았어요.

왕자님, 이 작별 인사가 끝나면 당신 스스로 잘 판단하세요.

저는 로마에서 먼 곳으로 가서 다른 맹세를 듣기 위해

사랑하는 사람을 떠나는 것이 아닙니다.

사세요, 티투스와 나를 위해.

아낌없이 노력하세요. 바르게 처신하세요.

나는 그를 사랑하고, 나는 그에게서 달아납니다. 티투스는 나를 사랑하지만 나를 떠납니다.

멀리….

그러고 나서 그녀는 아무 말도 하지 않았습니다. 대사를 잊었거나 산소가 부족했던 것입니다. 그녀는 거기 그렇게 있었죠. 나는 그녀를 바라보고 있었고요. 나는 그녀가 대사를 잊어버렸다고 생각조차 못 했습니다. 대본을 보고 있지도 않았고요. 그런 일은 처음이었습니다. 빠져 있었던 거죠. 내가 프롬프터라는 사실을 잊고 있었어요. 나는 그녀를 바라봤고, 그게 전부였습니다. 내게는 완벽하고 진실한 침묵 같았어요. 그러다가 무슨 일이 일어났는지 깨달았죠. 나는 다음 대사를 찾았습니다.

"당신의 탄식과 검을 내 눈앞에서 멀리 치우세요."

나는 그 대사를 읽었습니다.

"당신의 탄식과 검을 내 눈앞에서 멀리 치우세요."

그런데 다음 대사를 읽어주려고 하는 순간에 갑자기 아무 말도 나오지 않는 거예요, 마치 나 역시 산소 공급이 안 되는 것처럼. 숨을 크게 쉬었지만 아무 말도 나오지 않았습니다. 나의 예술감독은 녹색 드레스를 입고 거기 있었고, 아무 일도 일어나지 않았죠. 나는 그녀의 의상이 녹색이 아니라는 것을 잘 알고 있었지만, 그 순간만큼은 그것이 녹색이라고 믿었습니다. 어쩌면 조명 때문이었을 거예요. 녹색이라고 생각했어요. 나도 아무것도 하지 않았습니다. 아무것도 할 수 없었어요. 시간이 얼마나 흘렀는지 모르겠습니다. 커튼이 내려왔어요. 관객들은 이상한 점을 눈치채지 못하고 손뼉을 쳤죠. 그들은 나의 예술감독이 커튼콜 인사를 하러 나오지 않았기 때문에 그제야 무슨 일이 있었다는 것을 깨달았어요. 다음 날, 공연이 취소됐습니다. 그래요. 언젠가 내가 무대 위에 혼자 서게 된다면, 내가 관객들에게 직접 말을 걸어야 한다면, 무척 간단할 겁니다. 겨우 대사 일곱 줄이 전부예요. 별거 없어요. 그저 관객들이 보지 못했던 그 장면이 전부죠. 공연으로는 충분하지 않습니다. 원하신다면 여러분들에게 보여드릴게요. 정말 별거 없습니다.

당신의 탄식과 검을 내 눈앞에서 멀리 치우세요.
안녕. 우리 세 사람을 본보기로 삼아봅시다.
가장 달콤하고 가장 불행한 사랑을
우주가 가슴 아픈 이야기를 간직할 수 있도록.
모든 게 준비되었습니다. 사람들이 저를 기다리네요. 따라

오지 마세요.

(티투스에게)

마지막으로, 안녕, 폐하.

그러면 안티오쿠스가 말할 겁니다.

"아아, 슬프도다!"

막

그녀가 죽는 방식

Como ela morre

〈그녀가 죽는 방식〉은 2017년 3월 9일, 리스본 도나 마리아 2세 국립극장 가레트 홀에서 포르투갈어·프랑스어·네덜란드어로 초연되었다. 티아구 호드리게스가 연출했으며, 톨스토이의 《안나 카레니나》로부터 영감을 얻어 창작되었다.

1장

*

내가 너와 함께 있을 때 더 이상 느끼지 못하는 것

2017년, 욜렌테와 프랭크는 앙베르에 있는 그들의 아파트에 있다. 그들은 플랑드르어로 대화를 나눈다.

욜렌테 왜 말이 없어?

프랭크 무슨 말을 할 수 있겠어…? "알고 있었어"라는 말을 듣고 싶은 거야? 내가 짐작했었다고? 나는 이제 할 말이 없어.

욜렌테 왜 화내지 않아? 왜 소리 지르지 않아? 당신은 소리를 지르고, 물건을 깨부수고, 나를 한 대 치려고 해야 해.

프랭크 내가 당신을 때리길 바라는 거야?

욜렌테 아니.

프랭크 내가 그냥 당신을 협박하면 좋겠어?

욜렌테   그러면 적어도 당신이 뭔가를 느낀다는 것을 알 수 있잖아.

프랭크   내가 아무것도 못 느끼는 것 같아?

욜렌테   당신의 기분이 뭔지 알아. 알 것 같아.

프랭크   그걸 드러내는 게 무슨 소용이야? 내가 꽃병을 깨면 당신이 우리의 삶을 망친 사실이 명백하게 증명이 돼? 우린한테 도움이 되냐고? 꽃병을 깨야 내가 조금 더 인간적인가?

욜렌테   아니. 저녁 먹을래?

프랭크   저녁 준비 안 했어.

욜렌테   괜찮아. 배고프지 않아.

프랭크   내가 저녁을 준비했으면 나 혼자 먹나?

욜렌테   당신이 저녁을 준비했으면 같이 먹었을 거야.

프랭크   배고프지 않아도?

욜렌테   이것 좀 끌러줄래?

프랭크   갈아입을 거야?

욜렌테   더 편한 옷을 입으려고.

프랭크   거기서 자?

욜렌테   응.

프랭크   여자들이 혼자 옷을 벗지 못하게 일부러 이런 옷을 만드는 걸까?

욜렌테   모르지.

프랭크   아침에 옷 입을 때 그런 생각해? 벗으려면 도움이 필요하겠다는 생각.

욜렌테   아니.

프랭크   어쩌면 당신은 내가 오직 당신 때문에 상처받은 것처럼 행동하기를 바라고 있겠지, 당신도 그렇다는 것을 보여주기 위해서. 그거야? 그렇지만 그럴 필요 없어. 내가 아무것도 부수지 않아도, 소리를 지르지 않아도, 내 기분이 어떤지 말하지 않아도, 당신은 당신의 기분을 말할 수 있으니까.

욜렌테　문제는 내 기분이 아니야.

프랭크　문제가 뭔지 알고 싶지 않아.

욜렌테　문제는 내가 더 이상 아무것도 느끼지 못한다는 거야.

프랭크　아, 그래…. 왜지? 말해줄래? 말해봐. 당신은 말하고 싶은가 본데, 말해. 나는 할 말이 없어. 그러니까 당신이 말하든지 아니면 우리 둘 다 입을 다물든지, 당신이 떠나든지 그것도 아니면 당신이 하고 싶은 대로 해. 말해.

욜렌테　당신과 함께 있을 때 내가 더 이상 느끼지 못하는 것을 말해줄게. 나는 당신이 웃을 때 자동으로 따라 웃을 필요를 더는 못 느끼겠어. 당신이 심각하다고 이유 없이 내가 심각해야 할 필요를 더는 못 느끼겠어. 나는 비이성적인 쾌락에 사로잡힌 사람처럼 부적절한 순간에 더는 이유 없이 웃지 않아. 곧 끊어질 것 같은 바이올린 줄처럼 팽팽하게 당겨진 신경이 더는 느껴지지 않아. 내가 숨을 멈출 때, 나를 둘러싼 모든 것이 형체를 갖추고 세상의 익숙한 희미한 빛보다 더 선명한 색을 낼 때, 내 손가락과 발가락이 통제되지 않을 정도로 불안하게 움직이는 것이 더는 느껴지지 않아. 나는 매 순간 이 행복이 언제 끝날지 몰라 두려울 정도로 행복에 대한 지독한 불안을 더는 느끼지 않아. 주변 사람들보다 더 행복하다는 것이 더는 부끄럽지 않아. 더는 어둠 속에서 두 눈을 부릅뜨고 침대에 누워 있지 않아. 당신을 다시 만나는 순간을 기다리며 끓어오르던 피가 더는 느껴지지 않아. 거리를 나설 때, 당신에게 더 빨리 데려다주기 위해 나를 기다리던 바람이 더는 느껴지지 않아. 당신을 볼 때 내 표정이 달라지는 것이 더는 느껴지지 않아. 당신을 볼 때 느꼈던 기쁨이 더는 느껴지지 않아. 집에 돌아와 당신을 볼 때, 더 이상 나는 내가 추위와 수치심과 찢긴 옷에도 불구하고 먹을 수 있는 빵을 받아서 기뻐하는 굶주린 여자처럼 느끼지 않아. 나는 당신을 볼 때 모든 게 무너지는 순간 나를 버티게 해주는 것이 당신의 사랑이며 그것이 내가 가진 유일한 진짜 재산이라는 것을 안다는 자부심을 더는 느끼지 않아. 나는 이제 당신이 왜 나와 같은 공간에 있는지 모르겠어, 예전에는 당신이 어딘가에 있는 유일한 이유가 내가 그곳에 있기 때문이라는 것을 알았는데. 당신이 내 손을 잡을 때, 나는 내 몸을 관통하는, 내 다리의 탄력 있는 움직임을, 심장의 고동을, 가슴 안쪽에서 폐가 열리고 닫히는 방식을, 따끔거리는 입술을 인식하게 하는 찌릿한 충격을 더는 느끼지 않아. 나는 이제 마치 내가 당신의 태양인 것처럼 나의 존재가 당신의 삶을 밝힌다고 느끼지 않아. 나는 이제 당신을 향한 내 눈빛이 주체할 수 없을 만큼 뜨겁다고 느끼지 않아. 우리가 함께 있을 때, 때때로 "뜨거워. 너무 뜨거워. 타버릴 것 같아!"라고 말하던 내 안의 목소리가 더는 들리지 않아. 또 우리가 방에 있을 때, 전쟁터에 나가는 군인들이 느끼는 그 흥분과 두려움이 더는 느껴지지 않아. 나는 더는 부끄럽지 않아. 나는 더는 기쁨의 눈물을 흘리고 싶지 않아. 나는 내 몸의 모든 피가 심장으로 흘러들어 가는 게 더는 느껴지지 않아. 나 자신에게 집중할 수 없을 만큼 심장이 두근거리는 것이 더는 느껴지지 않아. 나는 더 이상 황홀감을 느끼지 않아. 나는 더 이상 행복에 압도되지 않아. 나는 더 이상 나와 당신을 연결하는 초능력이 느껴지지 않아. 더 이상 당신과 연결될 힘이 없어. 나는 더 이상 당신과 연결되어 있지 않은 것 같아. 나는 더 이상 당신에게 속하는 그 커다란 기쁨이 느껴지지 않아. 자, 이것이 내가 당신과 함께 있을 때 더 이상 느껴지지 않는 것들이야. 그 느낌들이 내 인생에서 완전히 사라진 것은 아니야. 아직 조금 느껴지는 것들이 있어. 다만 이제 당신과 함께 있을 때는 아니라는 거지.

프랭크 속이 시원해? 잘됐네. 이제 혼자 있고 싶어. 책을 읽을 거야.

욜렌테   내가 저녁을 할까?

프랭크   배고프지 않아.

욜렌테   무슨 책을 읽어?

2장

*

불행한 가정들

1967년, 리스본. 이자벨과 페드로가 그들의 아파트에 있다. 두 사람이 대화하는 동안 이자벨은 톨스토이의 프랑스어판 《안나 카레니나》의 몇 구절을 프랑스어로 읽는다. 그외 두 사람의 대화는 포르투갈어로 이뤄진다.

이자벨   "행복한 가정은 모두 비슷하지만, 불행한 가정은 각자 저마다의 방식으로 불행하다."

페드로   수업을 듣는 게 더 낫지 않겠어?

이자벨　　"행복한 가정은 모두 비슷하다…."

페드로　　아니면 프랑스 책으로 프랑스어를 공부하든지.

이자벨　　"행복한 가정은 모두 비슷하지만, 불행한 가정은 각자 저마다의 방식으로 불행하다."

페드로　　나는 잘 모르지만… 플로베르, 발자크, 졸라, 아니면 프랑스어 교재. "주 쉬je suis, 투 에tu es, 일 에il est."

이자벨　　"불행한 가정은 각자 저마다의 방식으로 불행하다…." 카다 파밀리아 인페리제 인페리즈 아 슈아 마네이라Cada familia infelizé infeliz à sua maneira…. "불행하다. 불행하다. 불행하다."

페드로　　러시아 문학 책으로 프랑스어를 배우는 건 말이 안 되잖아.

이자벨　　말이 안 되는 게 얼마나 많은데.

페드로　　이참에 필요 없는 물건들도 좀 버리자. 집에 페인트를 새로 칠해야 하니까 모두 다시 살펴보자고.

이자벨 옳은 생각이네. "불행한 가정은 각자 저마다의 방식으로 불행하다. 오블론스키 집안의 모든 것은 뒤죽박죽이었다." "뒤죽박죽."

페드로 색을 잘 고른 것 같아.

이자벨 당신이 골랐잖아. "뒤죽박죽."

페드로 나는 제안만 했을 뿐이야. 당신이 동의했고. 의심이 들어?

이자벨 모르겠어.

페드로 적어도 2년 동안은 이 색깔일 텐데. 의심이 든다면 아직 늦지 않았어.

이자벨 색깔은 괜찮아.

페드로 그럼 뭐가 문제야?

이자벨 사람들이 어떻게 정상적으로 사는지 모르겠어.

페드로 누가 정상적으로 사는데?

이자벨　　모두. 거의 모두가. 우리도.

페드로　　자기야, 정상적으로 사는 사람들은 거의 없어.

이자벨　　적어도 그런 척은 하잖아. 모두가 살고, 결혼하고, 아이를 낳고, 죽고. 그런 게 정상인 것처럼. 그런 모든 일이 당연한 것처럼. 마치 '살아 있는 것'이 정상인 것처럼.

페드로　　당신이 나처럼 아프리카에 갔다면 '정상'이 좋다는 걸 깨달았을 거야.

이자벨　　난 전쟁을 하지 않았지만 살아 있어.

페드로　　전쟁 없는 삶이지.

이자벨　　당연해. 모든 것이 정상이고. 집을 새로 칠하는 것도 정상이야. 아이를 갖는 것도 정상이고. 사람들은 굶주린 동물들처럼 정상적인 것에 집착해. 그들은 더 이상 아무 말도 하지 않는다고. 아무것도 하지 않아. 사람들은 그들의 실망을 지울 수 있다는 듯이 정상적인 것을 집어삼켜. 그들의 불행을. "불행한 가정은 각자 저마다의 방식으로 불행하다." "각자 저마다의 방식으로."

페드로   그들의 불행? 무슨 말을 하는 거야?

이자벨   나도 모르겠어.

페드로   집에 페인트를 새로 칠하고 아이를 갖는 것? 우리 이야기를 하는 거야? 우리가 지금 불행해?

이자벨   아니야, 그냥 아무 말이나 쏟아낸 거야. 그게 다야. 오늘 기분이 별로 안 좋아서…. 미안해.

페드로   당신, 당신이 맞아?

이자벨   뭐라고?

페드로   내가 말하는 사람이 당신이냐고 묻는 거야.

이자벨   내가 나냐고? 그게 무슨 말이야?

페드로   당신이 당신이라면, 나는 당신이 누군지 모르겠어. 이해가 안 돼.

이자벨   미안해.

페드로　사과할 거 없어. 그저 이해해보려고 한 것뿐이야. 당신을 이해해보려고. 당신이 평소와 달라서.

이자벨　아니야.

페드로　맞아. 몇 주째 그래. 이상한 소리를 하잖아. 보통은 내가 당신을 이해하잖아. 보통은 당신이 말을 다 마치기도 전에 나는 당신이 무슨 말을 할지 다 알고 있다고.

이자벨　보통은.

페드로　거의 늘.

이자벨　괜찮아. 프랑스어를 공부하는 것뿐이야.

페드로　왜 갑자기 프랑스어를 배우겠다는 거야?

이자벨　듣기 좋으니까. 누가 나한테 프랑스어로 이야기할 때 멍청해 보이고 싶지 않아.

페드로　그렇지만 언제 프랑스어를 말해야 하는데?

이자벨　프랑스나 스위스에서 살게 되면. 아니면 벨기에나.

페드로   우리는 아무 데도 가지 않을 거야.

이자벨   여행을 갈 수도 있잖아.

페드로   그런 경우라면 내가 프랑스어를 하잖아.

이자벨   나도 프랑스어로 말하고 싶다고. '불행하다'고 말하면서 멍청해 보이고 싶지 않다고. '말에루즈 malheureuse.' '말에루즈.'

페드로   남자를 말할 때는 '말에루malheureux'야.

이자벨   여자를 말했던 거야.

페드로   나 이제 진짜로 이거 정리해야 해.

이자벨   나는 애를 데리러 학교에 가야 해.

페드로   같이 갈까?

이자벨   혼자 갈래. 당신은 정리해야지.

페드로　　그게 낫겠지. 아니면 페인트칠을 시작도 못 할 테니까.

이자벨　　이따가 봐.

페드로　　잠깐.

이자벨　　응?

페드로　　당신이 외우던 문장 말이야. 틀린 말 같아. 불행한 가정들도 모두 비슷해, 행복한 가정들만 비슷한 게 아니라.

이자벨　　모르겠어.

페드로　　나는 알아. 틀린 거야.

이자벨　　자, 나는 이제 가야 해. 안 그러면 차를 놓쳐서 학교에 늦을 거야. '말에루즈.' '말에루즈.' '말에루즈.'

3장

*

490그램

2017년, 밤. 앙베르의 아파트. 프랭크의 손에 책 한 권이 들려 있다. 이전 장면에서 이자벨이 읽고 있던 책이다. 프랭크는 프랑스어로 읽는다.

프랭크   490그램. 마에Mãe✦, 엄마의 무게는 늘 490그램이야. 몇 해 동안 머릿속으로 엄마에게 편지를 썼어. 종이에는 한 번도 쓴 적이 없어, 엄마는 오래전부터 주소가 없었으니까. 봉투에 뭐라고 적을 수 있었겠어? '받는 사람: 과거'? 엄마에게 편지를 안 쓴 지 오래됐네. 그런데 요즘 고독이 다시 나의 반려동물이 되기를 원해. 강아지를 키우는 사람이 있고 고양이를 키우는 사람들이 있지. 그들은 마치 이 동물들이 평전의 몇 장이라도 되는 것처럼 이야기해. 어린 시절에는 독일셰퍼드, 청소년기에는 샴고양이. 그들은 결혼하면 아이들과 함께 뛰노는 래브라도를 키우지. 나이를 먹어서는 수족관에 열대어를 키워. 그렇지만 나는 이따금 고독을 키워. 엄마가 살아 있었을 때, 엄마는 48킬로그램이었어. 나는 세상의 모든 사람을 두 부류로

✦   포르투갈어로 '엄마'를 뜻함.

115

나눴지. 엄마와 타인들. 그러다 어느 날, 엄마는 겨우 490 그램이 되어서 1021페이지로 나뉘었어. 그래서 세상의 모든 사람은 타인들이라는 하나의 부류에 속하게 됐지. 나는 마음이 갈기갈기 찢겼기 때문에 타인들이 내게 무자비하리라는 것을 알았어. 나는 개들이 다쳐서 고통에 신음하는 한 마리의 개를 죽이는 것처럼 사람들이 나를 해치리라는 것을 알았어. 그래서 다른 사람들로부터 나를 지키기 위해 고독과 함께 있기로 한 거야. 그리고 엄마에게 이 편지들을 쓰기 시작했지. 490그램. 엄마가 내게 남긴 유일한 유산은 이 책이었어. 진짜 유일한 내 것은 490그램이야. 나머지는 내 것이 아니지. 그것들은 나와 같은 시간에, 같은 공간에 있게 된 것들일 뿐이야. 이 책처럼 내 것이라고 할 수 없어. 다른 책들은 선반 위에 벽을 쌓는 벽돌처럼 놓여 있어. 그냥 사물들이지. 이 책은 사물이 아니야. 이건 하나의 인물이고, 엄마고, 내 고독이고, 나야. 490그램짜리 세계야. 내 인생의 무게. 내가 그 고독을 알았을 때, 나는 책을 하나의 사물처럼 선반에 정리해뒀어. 세상은 다시 두 부류로 나뉘었지. 고독과 다른 것들. 내 고독이 죽음의 대기실이라는 느낌이 사라졌어. 밤이고 낮이고 절대 멈추지 않았던 날카로운 경고음이, 내가 살아서 이미 죽음 이후에 우리 모두를 기다리는 고독을 살고 있다는 것을 상기시켜주던 경고음이 사라진 거야. 그러다 불현듯 그 고독 덕분에 죽음의 필연성이 나를 살고자 하는 욕망으로 밀어붙였지.

나는 엄마에게 편지를 쓰는 일을 그만뒀어. 나는 사랑을 시작했고, 키우던 개가 집으로 돌아오는 길을 찾지 못하게 먼 동네에 유기하듯 내 고독을 보도 위에 버렸어, 490그램을, 마에를. 요즘 그 고독이 우리 방에서 잠을 자. 그리고 내가 엄마를 다시 만나려 한다는 것을, 엄마를 다시 손에 쥐기 위해 선반을 향해 가고 있다는 것을, 다시 엄마의 무게를 느끼려 한다는 것을 깨달았지. 마에, 고독이 우리 집에 오는 길을 찾아낸 거야. 마에, 고독이 문을 긁어. 고독이 낑낑대. 고독이 들어오려고 해, 마에.

4장

*

요거트를 보다

2017년, 여전히 앙베르의 아파트다. 새벽. 프랭크가 책을 프랑스어로 소리 내어 읽는다.

프랭크 "브론스키는 차표 검사관을 열차까지 따라갔다. 그는 열차 칸 문에서 어떤 부인이 나오자 잠시 멈춰서 비켜섰다. 브론스키는 사교계 사람의 남다른 직감으로 그 부인이 상류층이라는 것을 단번에 눈치챘다. 그는 실례한다고 말하고 열차에 들어오면서 그녀를 다시 한번 봐야

겠다고 생각했는데, 그것은 모든 사람을 끌어당기는 그녀의 아름다움이나 우아함 또는 드러내지 않는 멋스러움 때문이 아니라 그녀의 매력적인 얼굴에서 사랑스럽고 다정한 표정을 봤기 때문이었다. 마침 그 순간 그녀 역시 고개를 돌렸다. 풍성한 속눈썹만 까맣게 보이던 그녀의 반짝이는 회색 눈동자가 브론스키를 알아보기라도 하는 듯이 그의 얼굴을 향해 우호적인 관심의 눈빛을 건네다가 누군가를 찾는 것처럼 사람들 무리를 향해 시선을 옮겼다. 그 짧은 시선에 브론스키는 그 젊은 여성의 얼굴과 눈빛에서 흥분을, 그녀의 붉은 입술에 보일 듯 말 듯 피어오른 미소를 읽었다. 그녀의 두 눈에서 나오는 광채와 기쁨이 넘치는 미소 속에 그녀의 모든 존재가 주체하지 못하고 넘쳐흐르는 것 같았다. 그녀는 활활 타오르는 눈빛을 진정시키려고 노력했지만, 그녀 자신도 모르게 보일 듯 말 듯한 미소에 광채가 다시 나왔다. 브론스키는 그의 어머니와, 구불구불한 머리카락에 검은 눈을 깜빡이면서 얇은 입술로 미소를 쥐어짜며 아들을 주의 깊게 살피는 수척한 아주머니가 있는 열차 칸으로 들어갔다. 그녀는 자리에서 일어났고, 시녀에게 가방을 건네고 난 후에 뼈밖에 없는 손을 아들에게 뻗었다가 브론스키의 얼굴을 두 손으로 잡고 그의 양 볼에 키스했다. '내 전보를 받았어? 잘 지냈어? 천만다행이야!' '여행은 즐거웠어요? 어떻게 지내셨어요?' 그녀의 아들이 그녀 옆에 앉으면서 문 근처에서 들리는 여자 목소리에 무의식적으로 귀를 기울이며 그에게 물었다. 그는 기차에 오를 때 마주쳤던 그 여자의 목소리라는 것을 알았다."

욜렌테가 들어온다. 그녀는 프랭크와 플랑드르어로 대화한다.

욜렌테　아름답네. 안 잤어?

프랭크　책 읽었어.

욜렌테　소리 내서.

프랭크　밑줄 친 부분만.

욜렌테　들었어. 자다가 깨다가 하면서 당신 소리를 들었어.

프랭크　깨울 마음은 없었어.

욜렌테　괜찮아. 악몽을 꿨어. 뭐 좀 먹었어?

프랭크　아니.

욜렌테　오늘 밤에 당신의 목소리를 들었을 때, 마찬가

119

지었어.

프랭크　　뭐가 마찬가지야?

욜렌테　　당신이 읽은 그 부분. 여자가 보이진 않지만 복
도에서 들은 목소리가 그녀라는 걸 알잖아. 어쩌면 그렇
게 사랑을 테스트하는 건지도 몰라. 요거트 먹을래? 누군
가의 목소리가 눈앞에 있는 것을 사라지게 한다면, 당신도
알잖아. 당신이 말하는데 내 눈앞에 요거트가 보이지 않는
다면 그건 사랑인 거야. 다른 장면도 읽어줄래?

프랭크는 썩 내키지 않지만 다른 장면을 프랑스어로 읽
는다.

프랭크　　"그는 그 우아한 실루엣이 사라질 때까지 바라
봤다. 그 젊은 남자의 얼굴에 미소가 사라졌다."

그들은 다시 플랑드르어로 대화한다.

욜렌테　　더 이상 요거트가 보이지 않았어.

프랭크　　내가 테스트에 성공한 거야?

욜렌테   응.

프랭크   당신이 더 이상 내게서 느끼지 못하는 그 모든 것들에도 불구하고?

욜렌테   어쩌면 그게 내가 다시 느낄 수 있는 모든 것일지도 몰라. 우리 이야기 좀 하자.

프랭크   서두르지 않으면 기차를 놓칠 거야.

욜렌테   오늘은 집에 있어도 괜찮아, 아프다고 전화하면 되니까.

프랭크   당신은 아프지 않잖아.

욜렌테   우리 이야기를 나눠야 해. 오늘은 대화해야 한다고.

프랭크   안 돼. 책을 읽어야 해.

욜렌테   이 대화를 미룰 수는 없어.

프랭크   왜?

욜렌테　왜냐하면 이러다가 머릿속에 괴물을 만들고 키우게 될 테니까. 또 머지않아 그 괴물이 실재가 될 테고.

프랭크　괴물은 이미 실재해.

욜렌테　그래서 지금 말하자는 거잖아. 밤새 침묵을 지키면서 곱씹는 게 무슨 소용이 있어?

프랭크　곱씹은 적 없어. 책을 읽었지.

욜렌테　당신은 곱씹고 있어.

프랭크　책을 읽었다고. 읽었단 말이야. 이해하려고 노력했다고.

욜렌테　이야기 좀 해.

프랭크　싫어. 당신은 말하고 싶겠지, 당신은. 나는 아니야. 나는 책을 읽고 싶어. 당신은 나에게서 더 이상 느끼지 못하는 것을 말하고 싶은 거야. 당신이 그 자식에게서 느끼는 것을 말하고 싶고. 그 자식과 자면서 느꼈던 것을 말하고 싶은 거잖아.

욜렌테   그만해.

프랭크   내가 화내는 걸 보고 싶어? 그래, 자, 이제 됐네. 화냈어. 그 자식이랑 몇 번이나 잤어? 몇 번이나?

욜렌테   그건 전혀 중요하지 않아.

프랭크   나한테는 중요해. 한두 번이 아니잖아. 여러 번이잖아. 사고가 났다거나 시스템에 바이러스가 먹어서 이상이 생긴 게 아니라고. 그 일은 오랫동안 당신 인생의 일부였잖아. 그러니까 중요한 거야. 몇 번이나 잤어? 너무 많아서 셀 수가 없어?

욜렌테   몇 번인지 모르겠어. 센 적 없어. 아마도…

프랭크   말하지 마. 알고 싶지 않아. 자, 대화가 시작됐네, 나는 그럴 마음이 없는데. 거절하겠어. 내 시간은 당신의 것이 아니야. 이제 이 책의 것이지. 그래, 엄마가 읽었던 책의 것. 엄마가 읽었던 모든 책을, 엄마가 밑줄 친 모든 문장을 읽을 거야. 책을 다 읽기 전에는 아무것도 하지 않을 거야. 말도 하지 않고, 먹지도 않고, 일도 하지 않을 거야. 다 읽기 전에는 아무것도 하지 않을 거라고. 내가 늘 당신에게 줬던, 늘 당신 것이었던 내 시간, 당신이 더 이상 당신의 시간이 온전히 내 것이 아니라고 결심하고 쓰레기통에 갖다버렸던 내 시간은 이제부터 오직 이 책의 것이야. 읽고 또 읽고 이해하는 데 내 시간을 쓸 거야. 내가 책을 다 읽기 전에 우리는 절대 어떤 대화도 나눌 수 없어. 내가 다 읽고 난 후에 이야기할 거야. 이 책의 마지막 페이지를 넘긴 후에야 당신은 내 시간을 조금 가질 수 있게 될 거야. 그때 이야기하자, 내가 이해하게 된 후에.

욜렌테　　당신이 나에게 상처주고 싶어 하는 거 이해해. 나를 기다리게 만들고 싶은 것도. 그건 당신의 권한이니까. 그러나 우리는 언젠가는 대화를 해야만 해.

프랭크　　나는 당신에게 상처주고 싶지 않아. 이 책이 당신보다 더 중요할 뿐이야.

욜렌테는 프랭크의 손에 있는 책을 뺏는다. 그녀는 프랑스어로 책을 읽는다.

욜렌테　　"수확이 이미 확실해지고 이듬해 파종을 미리 살피기 시작하는 이맘때, 여름의 한가운데였다. 수확의 시기이자 호밀의 녹청 이삭이 바람을 따라 흔들리고, 늦게 뿌린 씨들 사이에서 여기저기 녹색 귀리가 노랗게 옷을 입고 나오며, 땅이 메밀로 덮이고, 마른 거름 냄새가 진동하는 시기, 해마다 농부들이 온 힘을 쏟는 추수가 시작되기 전에 밭일을 잠시 멈추는 시기였다. 올해는 수확이 풍부할 것이다, 낮이 환했고 뜨거웠으며 짧은 밤에는 이로운 이슬이 내렸으니까."

욜렌테는 책을 덮고 대화는 플랑드르어로 이어진다.

욜렌테   그래서?

프랭크   뭐가 그래서야?

욜렌테   내가 테스트를 통과했었어? 당신 주위에 있는 게 더는 보이지 않았어?

프랭크   나는 당신을 보고 있었어.

욜렌테   더는 내가 보이지 않아?

프랭크   보여. 보이지. 아직 당신이 보여, 그 반대였다면 더 좋았겠지만.

욜렌테   요거트를 받아, 나를 보지 말고. 요거트를 봐. (욜렌테는 다시 프랑스어로 읽는다.)

"'엄마!' 아들이 중얼거리다가 어머니의 두 팔 사이로 몸을 돌려 편안한 자세를 취한다. 두 눈은 여전히 감고 있고, 어머니의 어깨에 매달려 몸을 바짝 웅크린다. 잠든 아이들의 은은하고 달콤한 향기가 어머니를 감싼다."

욜렌테는 프랭크에게 책을 건넨다. 그들은 다시 플랑드르어로 대화한다.

욜렌테   그래서? 내가 테스트를 통과했어?

프랭크   현재까지는 그래, 이 책을 다 읽어야 확실히 알 수 있겠지만.

욜렌테   당신이 나에게 상처줄 수 있는 횟수가 제한되어 있다는 거 알아?

프랭크   알아.

욜렌테   당신이 그 한계를 넘으면 내가 당신에게 경고하지 않으리라는 것도 알지.

프랭크   알아. 위험을 감수하는 거야.

욜렌테   좋아, 실컷 읽어. 당신 엄마와 함께 읽으라고.
나는 기차를 탈 거야.

5장
*
폭풍설

앙베르의 아파트. 프랭크는 《안나 카레니나》를 프랑스어
로 소리 내어 읽는다.

프랭크   "거센 바람이 기차역 구석구석, 바퀴와 열차 사
이, 기둥 사이에서 쌩쌩 불어왔다. 열차, 기둥, 사람들, 사
람들이 볼 수 있는 모든 것은 한쪽이 눈으로 덮여 있었고,
눈은 점점 더 쌓여갔다."

리스본의 아파트. 이자벨이 《안나 카레니나》의 같은 페이
지를 프랑스어로 읽는다.

이자벨   "순간 바람이 잠잠해졌다가 다시 아무것도 저
항할 수 없을 만큼 사납게 불었다."

프랭크와 이자벨이 함께 읽는다. 프랭크는 2017년에 있고,

이자벨은 1967년에 있다. 시대가 뒤섞인다.

프랭크　　"그러나 몇몇 사람들은 역의 커다란 문을 계속 여닫으며 플랫폼을 향해 달렸고 서로를 즐겁게 불렀다."

이자벨　　"등이 굽은 남자의 그림자가 안나 앞을 지나 갔다."

프랭크　　"그녀는 철을 두드리는 망치 소리를 들었다. '전 보를 가져와!' 반대편 어둠 속에서 갈라진 목소리가 소리 쳤다. '이쪽으로. 28호야.' 다른 목소리가 또 소리쳤다. 눈 으로 완전히 뒤덮인 사람들이 그녀 앞을 달렸다. 그녀의 눈 앞을 지나가던 두 남자는 불을 붙인 담배를 물고 있었다."

이자벨　　"안나는 마지막으로 깊이 숨을 들이마셨다. 군 용 외투를 입은 남자가 그녀와 깜빡이는 등불 사이로 껴들 었을 때, 그녀는 열차에 오르기 위해 이미 토시에서 손을 빼고 난간에 매달렸다. 그녀는 뒤를 돌아봤고 브론스키의 얼굴을 알아봤다."

프랭크　　"그는 거수경례를 하고 그녀 앞으로 몸을 기울 여 필요한 게 없는지, 그가 도움이 될 수 있는 게 있는지 물었다."

이자벨　"그녀는 대답하지 않고 그를 오랫동안 가만히 바라봤다. 그는 그늘 속에 있었지만, 그녀는 그의 표정과 눈을 봤다. 아니, 봤다고 믿었다."

프랭크　"전날 밤에 그녀에게 깊은 인상을 남겼던 그 존경심 어린 감탄의 표정이었다. 그녀는 지난 며칠 동안, 지금도 마찬가지이지만 적어도 한 번 이상은 브론스키가 그녀가 만난 수많은 젊은 사람 중 하나라고 생각했고, 그래서 그를 떠올리는 것을 절대 용납할 수 없었다."

이자벨　"그러나 지금 그를 다시 본 순간, 그녀는 오만한 기쁨에 사로잡혀버렸다."

프랭크　"그녀는 왜 그가 그곳에 있는지 생각할 필요가 없었다. 그가 말했듯이 그는 그녀가 있는 곳에 있기 위해 그곳에 있었고, 그녀는 그것을 알고 있었다."

이자벨　"'저는 당신이 가실 줄 몰랐어요. 왜 떠나시는 거죠?'"

2017년, 벨기에 말린역. 욜렌테가 애인을 만난다. 그들은 프랑스어로 말한다. 그 사이 프랭크는 이자벨과 《안나 카레니나》를 계속 함께 읽는다.

욜렌트   뭐 하고 있어?

프랭크   "…그녀는 문의 손잡이를 잡으려던 손을 내리 며 말했다."

이자벨   "안나의 얼굴에 무한한 기쁨과 흥분이 그려졌다."

프랭크   "'왜 나는 떠나는 거지?' 그가 안나의 눈을 똑 바로 바라보며 다시 말했다. '당신 곁에 있기 위해 내가 떠 난다는 것을 알고 계시잖아요.'"

애인   뭐하냐고? 내가 뭐 하는지 당신도 잘 알잖아.

프랭크   "'어쩔 수 없었어요.'"

애인   당신은 늘 이 기차를 타고 집으로 돌아가. 나는 당신이 꼭 이 기차를 타지 않아도 된다고 말하려고 왔어.

욜렌트   당신은 그러면 안 돼. 그러면 안 돼.

애인   나를 더 이상 원하지 않아?

이자벨   "그 순간, 마치 모든 장애물을 이겨내고 승리한 것 같은 바람이 열차 지붕 위에 덮여 있던 눈을 쓸어버렸고…"

프랭크   "…의기양양하게 진동하는 지붕의 기왓장을 날려버렸다."

이자벨   "…기차의 호루라기 소리가 침울한 울음처럼 들렸다."

욜렌트   원하냐고?

프랭크   "그 순간, 그 어느 때보다 아름다운 젊은 여성 앞에 폭풍우의 모든 끔찍한 공포가 보였다. 안나의 영혼은 갈망했지만 그녀의 이성은 두려워했던 그 단어를 브로스키가 정확히 발음했다."

애인   그래, 원하냐고. 내가 무슨 말을 하는지 당신은 알잖아.

욜렌트   당신은 나한테 그런 말을 하면 안 돼.

애인   뭘? 다른 기차를 타도 된다는 것?

욜렌트　　앙베르로 가는 기차를 타야 해. 집에 돌아가야 해.

애인　　왜?

프랭크　　"그녀는 아무 말도 하지 않았다. 그는 그녀의 얼굴에서 그녀 안에서 벌어지는 싸움을 지켜봤다."

애인　　그 사람을 다시 만나려고? 그 기차는 당신의 것이 아닌 운명으로 당신을 데려갈 거야. 다른 기차들도 있어.

프랭크　　"'내 말이 불쾌했다면 용서해줘요.' 그는 겸손하게 고쳐 말했다."

애인　　다른 기차를 타고 싶지 않다면 내가 한 말은 잊어. 미안해. 우리는 매일 여기 말린에서 볼 수 있어. 우리가 기차를 함께 타는 일은 절대 없을 거야, 당신이 원하는 게 그거라면 말이야. 그렇지만 나는 그런 게 아니란 걸 알고 있어."

이자벨　　"그의 목소리는 수줍었고 공손했지만 그의 어조는 무척 진지하고 단호해서 그녀는 한동안 단 한마디도 하지 못했다."

욜렌트　　우리는 그럴 수 없어.

애인　　　나는 그럴 수 있어.

욜렌트　　나는 아니야.

애인　　　당연히 그렇게 못 하는 게 아니라 아마도 당신이 원하지 않는 거겠지.

욜렌트　　그 반대야. 그 반대라고. 키스해줘.

애인　　　2분 후면 기차가 출발해. 나와 함께 있어.

이자벨　　"'네, 당신이 말한 것은 잘못됐어요.' 그녀가 마침내 대답했다. '부탁이에요. 당신이 바람둥이라면, 나는 잊을 테니 당신도 잊어주세요.'"

프랭크　　"'나는 당신의 어떤 말도 절대 잊지 않을 거예요, 당신의 어떤 몸짓도. 나는 그럴 수 없어요.'"

욜렌트　　키스해줘.

이자벨　　"'됐어요! 됐어!' 그녀는 그가 간절히 바라보는 자신의 얼굴에 가혹한 표정을 지으려고 애쓰며 소리쳤다."

애인   어떻게 할 거야?

욜렌테   앙베르로 가는 기차를 탈 거야. 키스해줘. 집에
갈 거야. 키스해줘. 문을 열고 들어가서 그를 볼 거야. 그는
《안나 카레니나》를 읽고 있을 거야. 내가 방에 들어가도 책
에서 눈을 떼지 않겠지. 그는 내 얼굴에 적힌 것을 읽기를
두려워할 거야. 그는 당신이 지금 나를 바라보는 것처럼 바
라보지 않을 거야. 나는 그를 바라볼 거야. 내가 그를 아직
사랑하는지 아니면 내가 언제 그를 사랑했는지 알아볼 거
야. 내가 당신의 얼굴을 볼 때 배 속에서 느끼는 것을 그의
얼굴을 볼 때도 똑같이 느끼는지 알아볼 거야. 그의 얼굴에
서 당신의 얼굴을 찾을 거야. 우리는 함께 사는 사람의 얼
굴을 볼 때, 언제나 사랑하는 사람의 얼굴을 보고 싶어 해.
그 두 얼굴이 일치하기를 원하지. 아침에 침대에서 일어나
눈을 뜨면 처음으로 보이는 그 귀가 우리가 사랑하는 귀이
기를 원해. 그 귀의 귓불이 우리가 사랑하는 귓불의 모양과
정확히 일치하기를 원해. 그 귀가 너무 크지도 작지도, 너무
둥글지도, 너무 튀어나오지도 않기를 원해. 아니야, 우리는
눈을 떴을 때 우리가 사랑하는 귀와 정확히 똑같은 귀를 보
길 원해. 우리가 사랑하는 완벽한 그 귀 말이야. 붉은 얼룩
이랄지 예상치 못한 연골 모양 같은 가장 작은 차이가 다이
너마이트처럼 폭발해서 한때 아름답고 즐겁고 평화롭던 풍
경 속에 구멍을 내지. 우리가 사랑하는 귀의 선과 다른 선

을 그린 그림을 보면 돌이킬 수 없는 일이 일어나. 절대 지워지지 않는 생명선이 끊기는 것처럼 말이야. 잠에서 깨어났을 때 옆에 있는 귀가 사랑하는 귀가 아니라는 것을 깨닫는 순간 우리의 삶이 전과 후로 나뉜다는 것을 이해하게 되지, 더는 사랑하지 않는다는 것을. 언젠가 사랑했었고 그게 전부라는 것을 이해하게 되지. 또는 우리가 평생 입었던 거짓의 갑옷이 그를 사랑한다고 우리를 설득하지만, 그를 진정으로 사랑한 적은 한 번도 없었다는 것을 알게 돼, 어쨌든 침대에서 우리 옆에 있는 귀가 사랑하는 귀가 아니라는 것을. 우리는 그걸 알지. 왜냐하면 우리는 우리가 사랑하는 귀가 어떻게 생겼는지 달달 외우고 있으니까. 우리가 사랑하는 귀는 우리가 이미 봤던 귀야. 어떤 귀가 인생의 귀가 아니라고 단정할 수 있으려면, 곁에서 늙고 싶은 귀를, 털로 뒤덮여도 살이 외투처럼 귓불을 덮어도 계속 사랑할 수 있는 귀를 이미 만나본 적이 있어야 해. 세상에 있는 수많은 귀 중에 그 귀를 찾아낸 적이 있어야 해. 그게 상상 속의 귀일 수는 없어. 누군가의 귀여야만 해. 봤고, 키스했고, 핥아본 적 있는 귀. 그 귀와 많은 경험을 했어야 해. 그런 귀는 한 번뿐인 만남으로도 인생의 일부가 되지. 그러니까 이 방 안에서 우리 옆에 있는 귀가 그 귀가 아니라는 의심이 들기 시작한다면 끝까지 가봐야 해. 아주 작은 의심도 해소해야만 해. 그래서 침대에서 우리 옆에 있는 귀에 키스를 해보는 거야. 혀끝으로 잠들어 있는 그 귀를 핥는 거지. 마지막

기회를 주는 거야. 우리가 혀끝으로 맛본 그 귀는 짭짤하지 않아. 그 귀는 침울하고, 합리적이지만 차가워. 그 귀는 조용히 자신을 삶을 살지, 자신의 길을 지나치게 확신하면서. 그 귀는 욕망을 몰라. 그 귀는 물어달라고, 뜯어먹어달라고 하지 않아. 그래서 잠에서 깨면 다시 한번 다가가. 어쩌면 마지막일지도 몰라. 우리는 속삭이지. "나는 당신을 사랑하지 않아." 그 귀가 우리가 속삭이는 소리를 듣지 못한다는 것이 바로 더는 사랑하지 않는다는 증거야.

애인   알겠어.

욜렌트   그렇지만 나는 당신의 귀에 그 말을 속삭일 수는 없어. 안녕. 기차가 곧 떠날 거야. 키스해줘.

6장
*
다른 여자

1967년, 리스본의 아파트에서 혼자 있는 이자벨은 관객들에게 포르투갈어로 말한다.

이자벨   제 안에는 다른 여자가 있습니다. 오래전부터 그녀의 존재를 느껴왔습니다. 한 번도 본 적 없지만 벽을 통해 발걸음 소리를 들을 수 있는 이웃처럼요. 때때로 내 안의 여자는 자신을 드러냅니다, 가슴 안에서 물이 펄펄 끓는 것처럼. 생각으로 나타나는 감정이었죠. 저는 대부분 그 생각이 그저 생각뿐이라고 여길 수 있었어요. 아무런 힘없이 지나가는 구름 같은 생각이요. 내 안의 그 여자는 다른 곳, 다른 시간에서 온 것 같았습니다. 그녀는 저처럼 리스본에 있거나, 1968년 11월을 사는 것 같지 않았죠. 나는 그녀가 어디서 왔는지 알 수 없었지만, 지금 이곳 사람이 아니라는 것은 알고 있었습니다. 또 그녀가 나보다 더 진짜라는 것도 알았지요. 그래서 나는 그녀의 이름을 진실이라고 생각해봤습니다. 예전에 그녀의 이름은 자유였는데, 나는 그녀를 내 안에 가두는 얄궂은 쾌락을 즐겼습니다. 어떤 날에 그녀의 이름은 불만족이었고, 또 어떤 날에는 욕망이었습니다. 시간이 갈수록 나는 내 안에 있는 그녀에게 너무도 많은 이름을 붙여줬습니다.

파티가 있던 저녁, 나는 그곳에 가지 않으려고 했었는데 그녀가 내 안에서 열 걸음을 나아가기 시작했습니다. 그녀는 마치 내가 한숨을 쉬듯이 깊은 한숨을 쉬었어요.

파티에서 그가 내게 말을 걸었습니다. 프랑스어였죠. 그는 홍수 피해 사진을 찍으려고 며칠째 리스본에 있다고 말했습니다. 온종일 오디벨라스 길에서 고무장화를 신고 사진을 찍은 후에 벨기에 신문사에 보낸다고 했죠. 그는 여행과

음악, 음식에 대해 말했습니다. 어깨에 키스하는 마법에 대해서도 몇 마디 했고요. 저는 그에게 대답했지만, 그건 제가 대답한 게 아니었어요. 제 안에 있던 여자가 처음으로 저의 입을 통해 말을 한 것이었지요. 그녀는 밤새 그에게 말을 했습니다. 갑자기 친밀감이 느껴져서 그의 손을 만졌고요. 악의에 찬 조롱의 시선들조차 눈치채지 못했습니다. 그녀는 파티가 끝날 무렵 책을 받았습니다.

이제 나는 그녀의 이름이 무엇인지 압니다. 그녀의 이름은 안나예요. 내가 그 책을 읽기 시작하자마자 그녀는 내 안에서 자라기 시작했습니다. 그녀와 그녀의 세계가 내 안에서 자랐습니다. 안나와 내가 아침 식사를 할 때, 그녀의 남편, 알렉세이는 우리와 함께 앉아 있었습니다. 그녀의 애인의 이름 역시 알렉세이였는데, 그는 우리와 함께 샤워를 했습니다. 우리가 기차를 타면 복도에는 그녀의 세계에서 그녀의 마음을 사로잡거나 그녀에게 상처를 주는 사람들로 가득했습니다. 그 사람들 역시 실재했고, 저의 세계에서 기차를 탄 사람들보다 더 현실적이었습니다. 제가 상처를 줄 수도, 마음을 사로잡을 수도 없는 사람들이지요.

그녀는 지금 저를 지배합니다. 구름이 폭풍우로 바뀌었어요. 그녀는 저의 자리에서 나갑니다. 그녀는 저의 몸과 함께 움직입니다. 제 이름으로 말하고요. "절대로" "항상"을 말합니다. 제 안에 사는 여자는 프랑스어로 말합니다. 그녀는 "나는 모든 것을 요구해"라고 말하지요. 저는 점점 갈수록 제 안에 사는 여자와 저를 구분하지 못합니다. 이제는 같은 사람이 되었습니다. 그녀와 제가, 우리가 호시우 역의 카페에서 고무장화를 신은 사진작가를 기다리는 동안에 그녀가 저 혼자 말하게 하는 것 같습니다. "절대로" "항상". "나는 모든 것을 요구해"라고요.

7장

*

싸움

2017년 말린 역, 욜렌테가 그의 애인을 만난다. 그들은 프랑스어로 이야기한다.

애인   그런데 왜 《안나 카레니나》야?

욜렌트   그 책에 사연이 있대.

애인   무슨 사연? 말해도 돼. 당신이 나한테 그 사람에 대해서 이야기하는 걸 좋아하지 않는다는 걸 알지만, 나한테는 말해도 돼.

욜렌트   그에 대해서, 그의 인생에 대해서 당신과 이야기하는 게 불편해. 그를 배신하는 것 같아.

애인   우리가 같이 잘 때보다 더?

욜렌트   응, 우리가 같이 잘 때보다 더.

애인   그렇지만 나도 알아야 하지 않겠어? 아니면 내가 어떻게 그와 싸워서 이길 수 있겠어?

욜렌트   싸운다고?

애인   당신이 어떤 사연 때문에 내가 아니라 그를 택한다면? 나는 당신이 나와 함께 있기를 원해. 당신이 의심한다는 걸 안다고.

욜렌트   기차를 타야 해.

애인   5분이면 올 거야. 당신이 의심한다는 게 마음에 들어. 의심한다는 거, 나한테는 유리하고 그한테는 불리한 거니까. 그 사람에게 나쁜 감정은 없어. 다만 그를 이기고 싶어.

욜렌트   경쟁이 아니야. 나는 상이 아니고.

애인　　　당연히 경쟁이지! 로맨틱하고 인간적이고 열정적인 경쟁이야. 당신은 상이자 심판이야. 내가 아침에 우리가 저녁에 여기서 만난다는 생각을 하면서 옷을 입을 때, 내가 당신 하나만을 위해서 옷을 입는다고 생각해? 아니야, 당신을 위해서, 그 남자와 싸우기 위해서 옷을 입는 거야. 내가 당신을 만질 때, 나는 당신에게 쾌락을 주기 위해서만 만지는 게 아니야. 당신이 그에게서 멀어지도록 만지는 것이기도 해. 나는 싸우고 있고 이기고 싶어. 당신도 알잖아. 지금 우리의 생활은 아직 내가 원하는 그것이 아니야. 오락이 아니라고. 취미도 아니고. 이건 경쟁이야. 내가 원하는 것을 손에 넣기 위한 싸움이지. 나는 이미 불리해. 당신의 나라에서 나는 이방인이니까. 나는 당신의 언어를 말할 줄 모르잖아.

욜렌트　　　(플랑드르어로) 나는 당신이 내 말을 이해하지 못할 때 짓는 표정이 좋아.

애인은 욜렌테의 말을 이해하지 못한다.

애인　　　봤지? 나는 싸우기 위해 모든 무기를 동원해야 해. 그 사연이 당신을 얻거나 잃는 데 영향을 미친다면, 나는 그걸 알아야 할 권리가 있어. 그가 당신을 위해 싸우길 원한다면 그에게 내 이야기를 해도 좋아. 나는 상관없어. 그게 정당하다고 생각해. 나는 싸우고 싶어. 왜《안나 카레니나》야?

욜렌트   안 돼. 말할 수 없어.

8장

*

백합

1967년 리스본, 호시우 역의 카페. 이자벨은 벨기에 사진작가와 대화한다. 그들은 대부분 프랑스어로 말한다. 때때로 둘 중 하나가 포르투갈어로 된 문장을 말하기도 한다.

이자벨   당신은 왜 나에게 이 책을 선물했어요?

벨기에 사진작가 내가 가장 좋아하는 책이라서요.

이자벨   그게 전부예요?

벨기에 사진작가 아니요, 그게 다는 아니에요. 당신이 프랑스어를 공부하고 싶다고 했으니까요. 또 이 책이 너무 아름답기도 하고요.

이자벨　　　　　너무 아름다워요.

벨기에 사진작가　　네, 너무 아름답죠.

이자벨　　　　　아직 앞부분만 읽었지만, 저에게도 파보리트favorite[+] 책이 될 것 같아요…. 파보리favori[++]인가요?

벨기에 사진작가　　네, 파보리가 맞아요.

이자벨　　　　　(포르투갈어로) 당신은요? 포르투갈어를 공부했나요?

벨기에 사진작가　　(포르투갈어로) 혼자 먹는 건 이제 질렸어요.

이자벨　　　　　(포르투갈어로) 누가 가르쳐준 거예요?

벨기에 사진작가　　누가 이 말을 가르쳐줬냐고요? 내가 저녁에 가는 식당, 오 세뇨르 마르케스의 주인이요.
(포르투갈어로) 혼자 먹는 건 이제 질렸어요. 나와 함께

[+]　프랑스어 '좋아하는'의 여성형 형용사.
[++]　프랑스어 '좋아하는'의 남성형 형용사.

저녁 먹을래요?

이자벨　　　　　(포르투갈어로) 마르케스 씨가 당신을
저녁에 초대했어요?

벨기에 사진작가　아니요, 아니, 당신이요.
(포르투갈어로) 나와 함께 저녁 먹을래요?

이자벨　　　　　안 돼요. 들어가봐야 해요.

벨기에 사진작가　다른 날 먹을까요?

이자벨　　　　　봐서요.

벨기에 사진작가　와인 한 잔 더 할래요?

이자벨　　　　　아니요, 괜찮아요. 고맙습니다.

벨기에 사진작가　책을 조금 읽어봐요. 억양을 고쳐줄까요?

이자벨　　　　　다음에요.

벨기에 사진작가　잠깐이면 돼요.

이자벨　　　　집에 책을 두고 왔어요.

벨기에 사진작가　시를 알려줄게요.
나를 따라 해봐요.
(그는 아폴리네르의 〈자살자〉라는 시를 알려주려고 한다.)
"십자가 없는 내 무덤 위에 커다란 백합 세 송이 커다란 백
합 세 송이"

이자벨　　　　"십자가 없는 내 무덤 위에 커다란 백합
세 송이 커다란 백합 세 송이"백합이요?

벨기에 사진작가　꽃이요. 백합.

이자벨　　　　(포르투갈어로) 리리오lírio.

벨기에 사진작가　(포르투갈어로) 리리오.
"금가루 뿌린 커다란 백합 세 송이가 바람에 흩어진다"

이자벨　　　　"금가루 뿌린 커다란 백합 세 송이가 바
람에 흩어진다"

그가 때때로 억양을 고쳐준다.

벨기에 사진작가   "시커먼 하늘이 비를 뿌릴 때만 젖는다"

이자벨   "시커먼 하늘이 비를 뿌릴 때만 젖는다"

벨기에 사진작가   "왕홀처럼 웅장하고 아름답다"

이자벨   "왕홀처럼 웅장하고 아름답다"

벨기에 사진작가   "빛이 그 꽃을 만질 때 한 송이는 내 상처
에서 나오고"

이자벨   "빛이 그 꽃을 만질 때 한 송이는 내 상처
에서 나오고"

벨기에 사진작가   "피 흘리며 서는 그것은 공포의 백합"

이자벨   "피 흘리며 서는 그것은 공포의 백합"

벨기에 사진작가   "십자가 없는 내 무덤 위에 커다란 백합
세 송이"

이자벨   "십자가 없는 내 무덤 위에 커다란 백합
세 송이"

벨기에 사진작가 "금가루 뿌린 커다란 백합 세 송이가 바람에 흩어진다"

이자벨 "금가루 뿌린 커다란 백합 세 송이가 바람에 흩어진다"

벨기에 사진작가 "다른 한 송이는 지층에서 괴로워하는 내 마음에서 나오고"

이자벨 "다른 한 송이는 지층에서 괴로워하는 내 마음에서 나오고"

벨기에 사진작가 "다른 한 송이는 벌레들이 백합을 갉아 먹는 내 입에서 나온다"

이자벨 "다른 한 송이는 벌레들이 백합을 갉아 먹는 내 입에서 나온다"

벨기에 사진작가 "갈라진 내 무덤 위로 세 송이가 모두 폈다"

이자벨 "갈라진 내 무덤 위로 세 송이가 모두 폈다"

벨기에 사진작가 "혼자서 혼자서 아마도 나처럼 저주받으며"

이자벨   "혼자서 혼자서 아마도 나처럼 저주받으며"

벨기에 사진작가 "십자가 없는 내 무덤 위에 커다란 백합 세 송이"

이자벨   "십자가 없는 내 무덤 위에 커다란 백합 세 송이"

벨기에 사진작가 너무 아름답죠.

이자벨   너무 슬퍼요.

벨기에 사진작가 당신의 사진을 찍고 싶어요.

이자벨   여기, 이 역 안에서요?

벨기에 사진작가 아니요, 이곳은 아니에요. 지금 말고. 당신 혼자만 있는 사진이요. 저녁 식사를 한 후에 찍어요. 어쩌면 다른 날에. 백합과 함께 당신의 사진을 찍고 싶어요. 아직 활짝 피지 않은 백합과 함께요.

이자벨   네, 그래요.

벨기에 사진작가　들어가봐야 하죠.

이자벨　　　　　(포르투갈어로) 네.

벨기에 사진작가　꽃집을 찾아볼게요.

이자벨　　　　　리리오스lírios.

벨기에 사진작가　리리오스.

9장

*

배신과 번역

1967년, 리스본의 아파트. 페드로는 이자벨이 남긴 《안나 카레니나》의 프랑스어 번역서를 소리 내어 읽는다.

페드로　　　"안나는 고개를 숙이고 모자 끈을 만지작거리며 걸었다. 그의 얼굴에서 눈부신 빛이 퍼져 나왔지만 그것은 행복한 빛이 아니었다. 그 빛은 오히려 어두운 밤에 일어났던 화재의 공포스러운 광휘를 떠올리게 했다. 안나는 남편을 보자 고개를 들고 마치 잠에서 깬 것처럼 미소를 지었다."

이자벨이 안으로 들어온다. 그들은 포르투갈어로 말한다.

이자벨   내 책을 읽는 거야?

페드로   어디에 있었어?

이자벨   학교에 아이를 데리러 갔었어?

페드로   응, 방에 있어. 어디에 있었어?

이자벨   무슨 일이야?

페드로   어디에 있었냐고?

이자벨   내가 말했잖아. 호시우 역의 카페에서 친구들
과 한잔 했어.

페드로   친구들?

이자벨   응.

페드로　　친구들? 친구들 누구? 그렇게 말하면 안 되지. "곤살로와 카를라랑 있었어", "안투니우와 후앙 페드로와 있었어" 이렇게 말해야지. 내 친구들이 당신 친구들이잖아. 내가 모르는 친구도 있어?

이자벨　　응.

페드로　　누구? 파티에서 만났던 프랑스인? 사진작가?

침묵.

이자벨　　벨기에 사람이야.

페드로　　그러면 당신은 친구들과 있었던 게 아니네. 친구와 있었던 거지. 벨기에 사람이 당신 친구야?

이자벨　　그 사람도 이름이 있어.

페드로　　나한테는 없어, 벨기에 사람은 내 친구가 아니니까. 그 사람 이름 따위는 관심 없어.

이자벨　　저녁을 준비할게.

침묵.

페드로　당신이 밑줄 그은 부분을 읽었어.

들어봐.

(그는 프랑스어로 책을 읽는다.)

"안나는 생각나는 대로 말했고, 자기가 한 말을 들으면서 거짓말하는 자신에게 놀랐다. 안나의 말은 간단했고, 자연스러웠다, 그녀가 오직 잠만 자기를 원하는 것처럼! 그녀는 뚫고 들어갈 수 없는 거짓말의 갑옷을 입은 듯한 느낌이었다. 그녀를 돕고 그녀를 지지하는 보이지 않는 힘을 느꼈다."

이자벨　나는 당신에게 거짓말하지 않아.

페드로　아니라고? 당신은 파티 이후로 그를 몇 번이나 만났어? 그가 당신에게 이 책을 준 거야? 그 사람 때문에 프랑스어를 배우는 거야? 당신들이 루시우 역에서 만날 때 바보같이 보이지 않으려고?

(침묵, 그가 읽는다.)

"그는 그녀의 영혼의 밑바닥만을 봤다. 오래전에는 늘 열려 있었던 그녀의 영혼은 이제 닫혔다. 그는 그녀의 목소리 톤으로 그녀가 조금의 혼란도 느끼지 않는다는 것을 알았다. 오히려 그녀는 숨김없이 그에게 이렇게 말하는 것 같았다. '그래, 닫혔어요. 그렇게 됐어요. 이제부터는 그럴 거예요.' 그때 그는 집에 돌아갔는데 문이 닫힌 것을 본 사람이 느끼게 되는 것을 느꼈다. '열쇠는 찾을 수 있어.'"

(그는 책을 읽는 것을 멈추고 이자벨을 바라본다.)

내가 아직 열쇠를 찾을 수 있어? 거기서 조금 더 아래에 밑줄이 그어져 있어. "그녀가 방에 들어갔을 때 그는 이미 침대에 있었다. 그는 입술을 깨물고 그녀를 바라보지 않았다. 안나는 자기 침대에서 누워서 그가 다시 말을 걸기를 기다렸다. 그녀는 그가 말하는 것을 두려워했고 동시에 그를 원했다. 그러나 그는 침묵을 지켰다. 그녀는 오래, 꼼짝하지 않고 기다렸다, 거의 완전히 그를 잊어버릴 때까지. 그녀는 다른 사람을 생각했고, 상상했고, 그런 생각으로 자신의 심장이 죄를 범한다는 흥분과 기쁨으로 가득 차는 것을 느꼈다."

(그는 이자벨에게 책을 건넨다.)

당신이 읽어. 읽어봐. 프랑스어 실력이 늘었는지 보자. 읽어.

이자벨　　"그녀는 다른 사람을 생각했고, 상상했고, 그런 생각으로 자신의 심장이 죄를 짓는다는 흥분과 기쁨으로 가득 차는 것을 느꼈다."

페드로　　프랑스어 실력이 많이 늘었네.

이자벨　　연습했어.

침묵.

페드로　　그렇지만 이해가 안 되는 게 있어.

이자벨　　뭐야?

그는 다시 책을 펼치고 어느 구절을 찾는다.

페드로　　"'너무 늦었어. 너무 늦었어.' 그녀는 미소를 지으며 중얼거린다. 그녀는 두 눈을 크게 뜨고 자신의 눈이 어둠 속에서 반짝인다고 믿으면서 오랫동안 꼼짝하지 않고 있었다. '너무 늦었어. 너무 늦었어.'"
(그가 책을 덮는다.)
"'너무 늦었어. 너무 늦었어.'" 그녀 자신한테 늦었다는 거야? 그들에게 늦었다는 거야?

이자벨　　아마도.

페드로　　분명하지 않잖아.

이자벨　　맞아.

페드로   왜? 분명하게 했으면 더 간결했을 텐데.

이자벨   내 생각에는 여러 해석이 나올 수 있게 문을 열어둔 것 같아.

페드로   어쩌면 잘 시간이라서 늦었다고 했는지도 몰라. 아니면 그들이 결혼하기에 너무 늦은 것일 수도 있고. 둘 다일 수도 있어.

이자벨   내 생각에는 의심의 여지를 남겨둔 것 같아. 그렇지만 어쩌면 번역 때문인지도 모르지. 러시아어 원서를 봐야 할 것 같아.

페드로   그다음은… "그녀는 두 눈을 크게 뜨고 자신의 눈이 어둠 속에서 반짝인다고 믿으면서 오랫동안 꼼짝하지 않고 있었다." 이게 무슨 말인지 알겠어?

이자벨   그녀의 눈동자가 빛났고 등불처럼 밤을 밝혔다는 거잖아.

페드로   나는 그녀가 자신의 눈을 어둠 속에서 본 것 같아, 마치 그녀가 유체 이탈을 한 것처럼.

이자벨　나는 그렇게 생각하지 않아.

페드로　나도 확실하진 않아. 그렇지만 그녀가 어둠 속에서 본 것이 자기 눈의 광채인 것 같아. 이 광채가 벽이나 천장을 밝힌 게 아닌 거지. 그래서 자기 자신의 눈을 본 것 같다는 거야. 눈이 너무 반짝여서 어둠이 거울이 되었던 거야. 그녀는 사랑에 빠졌고, 사랑에 빠진 자신을 봤으니까. 애인을 사랑하게 된 것뿐만이 아니라, 사랑에 빠진 그 자체를 사랑한 거야. 그녀는 그녀가 느끼는 사랑을 사랑한 거라고. 빛을 사랑한 거고. 그렇게 생각하지 않아?

이자벨　그럴지도 모르지.

페드로　당신은?

이자벨　나?

페드로　내가 불을 끄면 당신의 눈에서 나오는 광채를 볼 수 있어?

이자벨　불을 꺼보면 알겠지.

침묵.

페드로　더 이상 기다릴 수 없잖아. 지금 이야기해. 바람피웠어?

이자벨　당신은 내가 그 사람을 사랑하게 됐냐고 묻는 거야?

페드로　그게 바람피운 거야.

이자벨　나는 한 번도 그렇게 생각해본 적 없어.

페드로　그 말은 사랑한다는 거야?

이자벨　그를 사랑한다는 뜻이야.

페드로　바람피운 거랑은 다른 거고?

이자벨　다른 것 같아. 사실, 바람피운다는 생각을 한 번도 해본 적이 없어. 나는 그렇게 생각하지 않았어. 같은 거라고 생각하지 않아. 바람피우는 것이 어쩌면 결과일 수는 있지. 같이 사는 사람이 아닌 다른 사람과 사랑에 빠지는 바람에 나타난 결과. 그렇지만 절대 바람을 피우고 싶은 마음은 없었어. 나는 그저 사랑에 빠지고 싶었을 뿐이야.

페드로   정확히 말해. 나는 명확한 대답을 원해.

이자벨   나는 명확한 것 같은데.

페드로   마지막으로 묻겠어. 다시는 묻지 않을 거야. 다른 남자를 사랑해?

이자벨   응.

사이.

페드로   잘 생각하고 대답해, 번복할 수 없을 테니까.

이자벨   당신은 지금 당신 자신을 모욕하고 있어.

페드로   상관없어. 나는 진실을 알고 싶어.

이자벨   내가 이미 말했잖아.

페드로   다시 말해봐.

이자벨   나는 사랑에 빠졌어. 당신에게 오늘 말할 생각은 없었는데. 당신이 묻기 전까지 나도 확신하지 못했던 것 같아.

페드로   그렇다면 그를 사랑하는 게 아닐 수도 있겠네.

이자벨   사랑해.

페드로   확신하지 못하잖아.

이자벨   지금은 확신해. 맞아. 큰 소리로 말하고 싶지 않았어. 말하고 나면 현실이 되어버리니까. 그걸 말하게 한 당신을 원망해. 그렇지만 이미 해버렸으니까 현실이 되었네.

침묵.

페드로   내가 뭘 했는데?

이자벨   아무것도. 그렇게 받아들이지 마. 미안해. 그렇지만 나는 가봐야 해. 저녁은 준비 못 하겠다. 냉장고에 수프가 있어. 가야 해.

페드로   어디를?

이자벨   밖에서 저녁 먹을 거야.

페드로   늦게 들어와?

이자벨   응, 늦어.

10장

*

말린 역에서

2017년 말린 역. 욜렌테가 관객들에게 플랑드르어로 말한다.

욜렌테   브뤼셀에서 오는 길에 당신과 같은 열차 칸에 타고 있던 사람들이 당신을 계속 바라봤어. 당신의 고요함은 늘 사람들을 불편하게 했지. 지금은 고결한 고요야. 사랑하는 사람들의 고요. 브뤼셀에서 오는 길에 당신도 사람들을 바라봤어. 그렇지만 당신은 그들을 사람이 아니라 물건처럼 바라봤어. 당신 맞은편 자리에 앉아 있던 노부인은 대화를 시도하려고 했지만, 당신은 그 노부인을 램프처럼 봤고, 노부인은 여행하는 내내 입을 다물었어. 당신은 아무것도, 누구도 보지 않아. 당신은 왕처럼 거기 앉아 있지, 내가 당신을 사랑한다고 믿기 때문이 아니라(그 부분에 있어서는 자신이 없을 거야), 우리가 여기, 말린 역에서 만나리라는 것을 알고 있어서. 세상에서 가장 로맨틱하지 않은 장소에서 말이야. 그렇다고 그것 때문에 당신의 기쁨과 자부심이 줄진 않겠지. 당신은 나를 사랑한다는 폭력적인 감정을 느끼고, 그것만으로 충분하잖아. 당신은 당신의 사랑의 대가로 아무것도 요구하지 않아. 당신은 나를 대가 없이 사랑해. 당신은 이 만남의 끝이 무엇이 될지 모르고, 그런 것은 생각조차 하지 않아. 당신은 한때 온갖 일로 흩어져 있던 당신의 모든 에너지가 하나로 모여 지금 엄청난 힘으로 나를 향해 밀어주고 있음을 느낄 뿐이야. 당신은 지난번에 여기, 말린에서 내가 남편에게 우리 이야기를 했다는 걸 알고 내게 했던 말을 생각하고 있지. 당신은 내게 했던 말을 생각하고 있어(마치 세상 모든 문제의 답인 것처럼, 사랑이 어떤 문제가 아니라 해결책인 것처럼). 당신은 당신이 내게 했던 말이 진실이었을 거라고 생각해. 그게 당신을 기쁘게 하고, 당신을 안심시키지. 인간은 삶의 의미를 발견하면 늘 평화로워지니까. 당신은 당신의 유일한 존재 이유가 여기, 말린 역에서 나를 보는 것이라고 생각해. 당신은 한두 시간 후에 브뤼셀로 돌아가는 기차를 타게 되리라는 것을 알고 있어. 나를 앙베르로 데려다줄 기차와 반대 방향으로 가는 거지. 당신은 평화롭고 행복할 수 있어. 내가 당신이 나를 사랑한다는 것을 알기 때문은 아니야. 그건 당신이 확신할 수 있는 유일한 것이지. 당신은 내가 당신의 사랑의 흔적을 새긴 채로 집에 돌아간다는 것을 알고 있고, 당신은 그것만으로도 행복을 느껴. 브뤼셀로 돌아가는 길에 당신은 우리가 만나서 나눈 모든 말과 행동을 곱씹어. 당신의 상상력은 미래에 가능한 그림을 부르고, 당신의 심장은 거의 기절할 정도지. 당신은 당신 자신도 모르는 사이에 주인이 문을 닫고 나오면 낑낑대는 개처럼 속삭여. 당신은 속삭이지. "그녀를 다시 만난다. 말린 역에서 그녀를 다시 만난다. 그녀의 걸음과 얼굴을 다시 본다. 그녀가 머리핀을 빼는 것을 보고, 침대에 있는 그녀를 본다." 열차 안에서 당신 주변에 있었던 사람들은 아무것도 모르고 당신을 보면서 속삭여. 그렇지만 당신은 그 사람들이 보이지 않아. 당신은 눈을 뜨고 있지만 그들이 보이지 않아.

11장

*

두 명의 알렉세이

2017년, 앙베르의 아파트. 욜렌테의 애인이 손에 《안나 카레니나》를 들고 프랭크를 만나러 왔다. 그들은 프랑스어로 이야기한다.

애인　　　조금 전에 말린 역에 있었습니다. 브뤼셀에 가는 기차를 타야 했다는 것을 알고 있습니다. 늘 하는 일이니까요. 보통 때라면 그렇게 했을 겁니다. 그렇지만 그럴 수 없었습니다. 티켓을 사지도 않았어요. 앙베르로 가는 기차를 탔습니다. 충동적인 행동이었지요, 보통 때의 나라면 절대 그러지 않았을 텐데. 급작스럽게 찾아와서 죄송합니다. 그렇지만 당신이 나를 초대할 리 만무하고 나는 당신과 이야기를 하고 싶었거든요. 이 상황이 적어도 불편하다는 것은 압니다만 필요하다고 생각합니다. 좋게 생각하자면, 우리 셋이 만났다면 더 최악이지 않았을까요…. 꽃을 안고 있는 저 여자의 사진이 아름답군요. 백합인가요?

프랭크　　　사진을 만지지 말아요.

애인　　　당신이 나와 말하고 싶지 않은 것을 이해합니다만 당신에게 하고 싶은 말이 있어요. 당신의 시간을 5분 이상 빼앗지 않을 거예요.

그녀는 제가 여기 있는 것을 모릅니다. 이 방문을 우리만 아는 비밀로 해주신다면 고맙겠습니다.

그래야 그녀가 덜 괴로울 테니까요. 그 말은 당신이 그녀에게 말하고 싶다면, 그건 당신의 선택이고 나는 말릴 수 없다는 뜻입니다. 제가 할 수 있는 것은, 그녀가 당신을 더 이상 사랑하지 않는다는 사실을 당신에게 전해주는 것이지요. 그것이 진실입니다. 그녀의 사랑은 이미 나에게로 왔습니다. 어쩌면 그녀가 당신에게 아직 말하지 못했을지도 모르지만, 나는 압니다. 그게 진실이고요. 나는 그 진실을 매일 봅니다. 이 궁지에서 우리 셋 중에 누구도 승리자가 될 수는 없어요.

당신이 알게 된 지는 얼마 되지 않았지만 당신도 알다시피 우리는 꽤 오래됐습니다. 나는 이 궁지에서 살았습니다. 불평하지 않겠습니다. 당신에게는 더더욱. 당신의 상황이 얼마나 힘든지 이해합니다. 그렇지만 두 분은 함께 행복하지 않습니다. 그렇지 않았다면 이런 일이 일어나지 않았겠죠. 상황이 계속 더 악화되게 둘 이유는 없습니다. 제가 하고 싶은 말은… 책을 그만 덮으시겠습니까?

(프랭크가 책에서 눈을 뗀다.)

제가 하는 말에 귀 기울여주시기 바랍니다. 중요한 이야기예요. 당신에게 중요하죠. 당신에게 중요하지 않다고 해도 저에게 또 그녀에게 중요합니다. 딱 1분만 그녀를 생각해주실 수 없나요? 아니면 그 책이-《안나 카레니나》가 맞죠?- 당신의 결혼 생활을 구원해주리라고 생각하시나요? 그럴 수는 없을 겁니다. 어쨌든 제 생각은 그렇습니다. 저는 《전쟁과 평화》를 읽기 시작했습니다만…

애인은 책이 너무 두껍다는 제스처를 취한다. 프랭크는 소리 내어 읽는다.

프랭크　"'이것이 내 입장입니다. 당신을 나를 진흙탕 속으로 끌고 갈 수 있고, 나를 세상의 웃음거리로 만들 수도 있을 겁니다. 그러나 나는 그녀를 절대 버리지 않을 것이며, 당신을 원망하는 말은 한마디도 하지 않을 겁니다. 내가 할 일은 명확합니다. 그녀 옆에 있는 것이지요. 그녀가 당신을 보길 원한다면, 내가 당신에게 알려주겠습니다. 그렇지만 지금은, 당신이 떠나는 게 좋겠네요.' 알렉산드로비치는 자리에서 일어났다. 흐느낌에 목이 메었다. 브론스키도 자리에서 일어나 몸을 반쯤 구부리고 허리를 똑바로 펴지 않고 그에게 말한 남자를 바라본다. 브론스키는 알렉세이 알렉산드로비치의 감정을 이해하지 못한다. 그렇지만 그들에게는 그가 닿을 수 없는 뭔가 더 고차원적인 것이 있음을 느낀다."

욜렌테가 들어온다. 그녀는 프랭크에게 플랑드르어로 말한다. (연인 역할의 배우는 무대 위에 남아 있다.)

욜렌트　나 왔어. 저녁 먹었어?

프랭크　아니, 아직. 당신 애인이 왔었어.

욜렌트　　뭐라고?

프랭크　　당신 애인 말이야. 나를 만나러 왔었어.

욜렌트　　그에게 전화할게. 그럴 수는 없어…. 미안해.

프랭크　　당신이 사과할 일 아니야. 그 사람이 당신은 모른다고 했어.

욜렌트　　원하는 게 뭐래?

프랭크　　이야기를 하고 싶대. 솔직히 말하자면 실망했어.

욜렌트　　실망했다고?

프랭크　　《안나 카레니나》를 읽은 적이 없더라고.

욜렌트　　그 이야기를 했어?

프랭크　　오늘 나는 당신이 죽어가는 상상을 했어.

욜렌트　　그 사람이 정말 왔었어?

프랭크　　게다가 오늘 나는 당신이 죽었으면 좋겠다는 생각도 했어.

욜렌트　　장난하는구나.

프랭크　　당신이 죽으면 모든 게 간단하잖아. 고독은 늘 피할 수 없는 것일 테지만 더 간단할 거야.

욜렌트　　오직 나에게 상처주기 위해 그런 말을 하는 거지.

프랭크　　치명적인 상처는 아니니까 당신은 회복될 거야. 나 혼자만 상처받으면서 이 이야기를 끝내고 싶지 않아.

욜렌트　　그에게 전화할게.

프랭크　　당신이 죽어가는 걸 보면 당신을 용서할 수 있을 거야.

욜렌트　　당신에게 용서를 구한 적 없어.

프랭크　　… 당신이 그랬다면

욜렌트　　그런 적 없다고.

프랭크　　전화하지 마. 정말 왔었어. 그렇지만 지금은 전화하지 마.

욜렌트　　우리 정말 대화가 필요해.

프랭크　　가능한 한 빨리 읽고 있어.

욜렌트　　더는 못 참겠어.

프랭크　　오늘 나는 가장 중요한 게 사랑은 아니라는 사실을 깨달았어.

욜렌트　　아니라고?

프랭크　　나한테는 아니야. 가장 중요한 건 죽음이야. 그러니까 삶이지. 삶과 죽음. 하나의 시간과 다른 하나의 시간. 다른 하나의 시간에 도달하는 시간 동안 일어나는 일. 사랑은 그중 일부가 될 수도 있고 아닐 수도 있지. 오래 갈 수도 있고. 하지만 그게 가장 중요한 건 아니야.

욜렌트　　마침내 우리가 대화를 나누는 거야?

프랭크　　나는 할 말을 했어. 이제 저녁을 준비할래. 당신도 먹을래?

욜렌트　나와 같이 먹고 싶어?

프랭크　응.

욜렌트　대화도 나눌 거야?

프랭크　아니, 아직 아니야.

욜렌트　밥만 먹는 거야?

프랭크　그게 내가 해줄 수 있는 전부야.

욜렌트　알겠어. 도와줄까?

프랭크　내가 할게.

욜렌트　옷 벗는 걸 도와줄래?

프랭크　이봐, 다른 의미는 없어. 화해는 아니라고.

욜렌트　알겠어.

프랭크　　미안하지만 내가 당신에게 괜찮다고 느끼게 하고 있다면, 그건 아니야.

욜렌트　　알았어.

프랭크　　더 안 좋아졌지만 우리는 살아 있잖아. 그러니 밥 정도는 같이 먹을 수 있어.

욜렌트　　옷 벗는 걸 도와줄래?

12장

*

기차 안의 이자벨

1967년 리스본. 이자벨이 포르투갈어로 관객에게 말하고 프랑스어로 읽는다.

이자벨　　2분 후에 기차가 출발합니다. 저는 제 안에 사는 여자가 되어버렸습니다. 이 열차에 앉아서 책을 읽으려고 해요. 한 줄 한 줄 읽을 때마다 제 안의 여자가 자라납니다. 그녀는 곳곳에 있어요. 팔, 손, 다리, 발. 그녀에 대해서 말하는 건 더는 의미가 없습니다. 나는 나예요. 우리는 나입니다. 고요하고. 읽고. 생각하고. 읽고. 고요하고. "안나는 스프링이 매우 유연해서 편안하게 느껴지는 열차 구석에서 바퀴의 소음을 들으며 바깥으로 빠르게 지나가는 풍경들을 바라봤다. 그녀는 지나간 일들을 헤아리며 집 외에는 아무것도 없는 자신의 상황을 직면했다. 이제 죽음에 대한 생각이 지나치게 끔찍하거나 선명하게 느껴지지 않았다. 그녀에게는 죽음 자체가 더 이상 피할 수 없는 것처럼 보였다." 못 읽겠어요. 죽음이라고요? 피할 수 없는 것은 삶인데. 이 기차는 삶의 방향으로 가고 있습니다. 터널 다음에는 삶이 있지요. 고요가 있고요. 책을 읽겠습니다. "나는 그에게 용서해달라고 빌었어…. 치과 의사는… 우리가 느끼는 것을 다른 이에게 전할 수 있을까?" 읽지 말아요. 생각해요. 터널. 떠나기. 이 모든 것과 작별하기. 다른 삶. 읽습니다. "그는 나를 안다고 생각했지만, 다른 사람들과 마찬가지로 나를 잘 몰라. 나도 나 자신을 잘 모르겠는 걸. 프랑스인들이 말하는 것처럼 내가 아는 것은 나의 욕구뿐이야.'" "'대로, 아이들.'" "'그를 다시 만나지 못할 거야.'" 그녀는 세상을 창문으로 보고 나도 세상을 창문으로 봅니다. 캄폴리데, 수도교. 사람들이 죽기 위해 몸을 던지는 것 같습니다. 나는 살고 싶습니다. 벨기에. 나는 벨기에에 갈 겁니다. 왜 벨기에냐고요? "'아이스크림… 우리 모두 달콤하고 향긋한 것을 원해. 사탕이 없으면 그 구역질 나는 아이스크림을 먹지…. 하나도 재미있지 않아. 웃

171

기지 않아. 모두 보잘것없어.'" 그를 위해서요? 백합을 위해서요? 사진을 위해서요? 그가 아니에요. 게다가 다른 여자를 위해 다른 시간을 쌓는 일이 시작됐어요. 저예요. 그래요. 결심했죠. 저는 그와 함께 떠나지 않아요. 저는 나와 함께 떠나죠. "나는 이혼을 하고 브로스키의 여자가 되겠지. 그다음은? 브론스키와 나의 관계에서 어떤 새로운 감정을 찾아낼까? 이제 내가 바라는 건 행복이 아니야. 다만 고통스럽지 않은 거?'" 큰 가방을 가져가야 합니다. 립스틱도. 니트도. 벨기에는 추워요. 저는 추위를 원합니다. 추우면 살아 있는 것 같죠. 우리는 어디에 있습니까? "'이 거리들을 전혀 모르겠군. 계속 집만 나오잖아. 집 안에는 사람들이 있을 테고. 끝이 없어. 모두 서로를 미워해.'" 두 정거장 더 남았습니다. "'터트킨, 미용사… 교회 종이 울린다… 왜 저 교회들인가, 저 종소리인가, 또 거짓말인가? 오직 우리가 서로를 증오한다는 것을 감추기 위해서.'" 칼리파 파티쉐. 내 앞에 있는 남자는 칼리파 제과점의 봉지를 들고 있습니다. 과자 냄새가 나네요. 배가 고픕니다. "'그래, 역으로 가야 해. 그를 만나야 해…. 아직 시간이 있어.'" "'내가 무슨 생각을 하는 거지? 터트킨, 미용사?… 생을 위한 싸움, 증오 그것이 인간들을 잇는 유일한 거야…. 당신이 데려가는 개도 당신을 도와주지 않을 거야. 당신은 당신에게서 달아날 수 없어.'" 나를 만들기 위해서 달아나야 합니다. "'The zest is gone(열정은 사라졌다).'" 나를 만나기 위해 달아나야 해요. 제 앞에 있는 남자가 저를 봅니다. 그는 제가 책을 읽고 중얼거리는 것을 보죠. 읽고 중얼거리는 것을요. 그는 제가 미쳤다고 생각할 거예요. 그렇지만 저는 그 어느 때보다 정신이 맑습니다. 어린아이의 따뜻한 옷들. 그들의 장난감도 붉은 여행 가방에 들어가나요? 책도 들어가야 합니다. "'내 사랑은 점점 더 뜨거워지고, 점점 더 요구하는 것이 많아져.'" 아직 한 정거장이 남았습니다. 마지막 장까지 읽을 수 있어요. 읽지 말아요. 생각하세요. 나는 이미 생각했어요. "'사랑이 끝나는 그곳에서 미움이 시작돼.'" 집에 도착합니다. 그에게 말합니다. "'나는 당신을 더는 사랑하지 않아.'" 그에게 말합니다. "'나는 당신을 미워하고 싶지 않아.'" "'나는 그의 불행을 만들고 그는 나의 불행을 만들어. 둘 중에 누구도 서로를 바꿀 수 없어. 이미 모든 걸 다 해봤잖아.'" 그에게 말합니다. "'나는 오늘 떠나.'" 그에게 말합니다. "'벨기에로.'" 그에게 말합니다. "'우리 아들을 데려갈게.'" "'삶이 우리를 갈라놓는 거야…. 아이와 함께 있는 걸인… 이 세상에서 우리는 모두 버려지지 않았나…?'" 그에게 말합니다. "'절대로.'" 그에게 말합니다. "'항상.'" 제 안에 있는 여자가 말하는 게 아닙니다. 제가 말하는 겁니다. "'나는 모든 것을 요구해.'"

13장

*

집 짓기

1967년, 이자벨과 페드로가 리스본에 있는 아파트에 있다. 그들은 포르투갈어로 이야기한다.

페드로　　어떻게 그런 말을 할 수 있어? 그런 말을 해서는 안 돼. 당신은 뭐가 걸려 있는지 모르겠어? 우리가 사랑에 대해서만 말하는 게 아니라는 것을 몰라? 버리는 것을 이야기하고 있잖아. 짓고 있는 집을, 공사 중인 곳을 버리는 것에 대해서 말하고 있다고. 내 생각에 우리가 말하고 있는 것은 그거야. 우리는 집의 설계도를 갖고 있어. 아주 세세한 것까지 나와 있는 설계도 말이야. 우리의 아이들이 뛰놀 수 있는 정원이 있고, 서재로 쓸 수 있는 창고가, 우리가 상상했던 모든 것이 있는 아름답고 완벽한 집이라고. 집은 거의 다 완성됐어. 벽 몇 개를 세우고 지붕만 올리면 돼. 페인트를 칠해야겠지. 그 집에서 살아야 하고, 우리의 남은 인생을 그 집에서 살아야 한다고. 그런데 집을 다 짓기도 전에 버리기를 원해? 아직 기중기가 있고, 사방에 시멘트, 모래, 벽돌이 있어. 공사장이라고. 아직 집이 되지 않았어. 당신은 집이 완공되기도 전에 버리기를 원하는 거야. 살아보기도 전에 그 집이 폐허가 되

174

기를 원하는 거라고.

이자벨   바꾸고 싶어.

페드로   우리가 할 수 있는 모든 것을 바꿨잖아. 우리는 인생을 함께 설계하고 있어.

이자벨   인생을 설계하고 싶어. 그렇지만 당신과 함께는 아니야.

페드로   당신이 나를 얼마나 아프게 하는지 알고 있어?

이자벨   알아.

페드로   나는 물에 빠졌어. 당신이 나를 구할 수 있어. 구해줘.

이자벨   내가 당신을 구하려고 하면 우리 둘 다 빠져 죽을 거야. 우리 둘 다 불행해질 거라고. 심장이 쪼개지는 것 같지만 나는 물가에서 당신이 빠져 죽는 것을 바라볼게. 나는 행복해져야만 해.

페드로   떠날 필요는 없잖아. 나는 우리 두 사람을 위해 행복할 수 있어. 당신이 내 행복의 일부를 가질 수 있다면 정말 행복할 거야. 당신은 익숙해질 거야. 가지 마. 남는 걸 선택해. 당신에게 강요하고 싶지 않아.

이자벨　　당신은 나에게 강요할 수 없어.

페드로　　있어. 할 수 있어. 하지 않는 것뿐이야.

이자벨　　그렇게 생각해?

페드로　　당신은 내가 허락하지 않으면 벨기에로 떠날 수 없어.

이자벨　　나는 도망가는 거야.

페드로　　그렇지만 당신을 붙잡지 않을 거야. 도망갈 필요 없어. 떠나고 싶다면 막지 않아.

이자벨　　이런 이야기는 그만해.

페드로　　당신이 찾는 그런 행복 말이야…, 그런 건 존재하지 않아.

이자벨　　나도 몰라. 존재할 수도 있지. 찾아볼 가치는 있는 것 같아.

페드로　　존재하지 않아. 나는 그걸 전쟁터에서 알게 됐어. 우리는 우리 자신이야. 육체는 육체이고. 한 사람은 한 사람이지. 다른 육체도 다른 사람도 될 수 없어. 태어나고 살고 죽는 거야. 당신은 늘 당신이지. 당신이 할 수 있는 건 조금 더 나아지는 것이지만, 그건 어려운 일이야. 그런 거야. 아무것도 할 수 없지. 아니면 아주 조금 무언가를 할 수 있거나. 당신이 아무리 노력해도 늘 당신의 기대에 미치지 못할 거야. 당신의 인생은 당신의 인생이고, 조금 더 나은 인생을 만들어보려는 것, 그게 전부지.

이자벨　　그게 다야?

페드로　　앙골라에서 당신이 보낸 항공 엽서를 받으면 구내식당 구석에 앉아 맥주를 들고 엽서를 읽었어. 당신이 쓴 것을 읽으면 목소리가 들렸어. 그 목소리는 내 심장, 내 가슴, 내 허파에서 나온 것 같았어. 그 목소리는 내 안에서 나와서 내게 말했지. "너는 다르지 않을 거야. 너는 언제나 너의 의심과 너 자신에 대한 영원한 불만과, 변화하려는 헛된 노력과, 실패와, 완전한 행복과, 영원한 쾌락에 대한 희망과, 결코 얻지 못할 욕망과 기쁨을 가진 너 자신일 거야."

당신에게 답장을 쓰면 내 안의 그 목소리가 더 부드럽게, 더 설득력 있게 말했어. "네가 할 수 있는 유일한 것은 조금 더 나아지는 거야. 살아남아서 집으로 돌아가 그녀 곁에서 평범한 삶을 사는 거야."

이자벨   2년마다 한 번씩 집에 페인트를 칠하는 것도 있지.

페드로   응, 2년마다 한 번씩 집에 페인트를 칠하는 것. 내가 평범해지려고 하면 당신은 나를 비웃었지만 그런 것이 나를 행복하게 해줄 수 있어. 그게 당신을 행복하게 해주는 것이기도 하고. 당신도 이해할 거야. 아니, 당신은 이미 알고 있었어야 해. 당신이 뭘 하든지, 당신이 가든 가지 않든 결국은 이해하게 될 거야.

이자벨   이해하고 싶지 않아.

페드로   이해할 필요 없어. 그냥 나를 믿으면 돼. 가지 마. 그러면 내가 옳다는 것을 알게 될 거야.

이자벨   나는 차라리 떠나서 내가 틀렸다는 사실을 발견하고 싶어.

14장

*

그녀가 죽는 방식

2017년, 앙베르의 아파트에 프랭크가 혼자 있다. 손에는 책을 들고 있다. 그는 플랑드르어로 말한다.

프랭크 마에, 이야기를 들려줄게. 나는 나의 언어로 이야기할 거야. 엄마의 언어도 아니고, 우리 두 사람이 썼던 언어도 아닌, 나의 언어로. 엄마는 내 언어를 이해하지 못하겠지만, 내가 엄마가 이해해줬으면 하는 것을 정확히 말할 수 있는 유일한 언어가 그 언어거든. 엄마가 그 언어를 번역할 수 있느냐는 중요하지 않아. 중요한 것은 내가 그 언어로 말하면서 느끼는 것을 엄마가 해석하는 거지. 두 형제의 이야기야. 그들이 아직 어렸을 때, 형이 동생에게 행복의 비밀을 발견했다고 말했어. 형은 그 비밀을 녹색 나뭇조각에 적어서 집 정원에 묻었다고 했지. 얼마 후 형은 병에 걸려 세상을 떠났어. 동생은 나뭇조각을 찾기 위해 정원을 팠지만 찾을 수가 없었어. 동생은 평생 그 집에 살았어. 땅을 팠고. 책을 썼지. 그중 하나가 《안나 카레니나》야. 동생은 절대 나뭇조각을 찾지 못했어. 마에, 나는 엄마가 50년 전에 밑줄 그은 페이지에 빠져 있어. 바다에 던져져 애타게 배에 닿기를 원하는 개처럼 책을 통해 절망

179

적으로 헤엄치고 있어. 이제 이 책에서 모든 것에 대한 답을 구하려는 희망이 우습다는 것을 알아. 질문을 찾는 것이 더 빠르겠지. 이제는 배에 닿으려고 할 필요가 없다는 것을 알아. 헤엄치는 것만으로 충분하지. 내가 난파당한 사람이라는 것을 받아들이면 돼. 우리는 모두 난파당한 사람들이야. 답은 없어. 얼마나 행복해, 답이 없다니. 잘됐지. 마에, 안나는 역에 도착해서 자신의 삶이 얼마나 더 행복할 수 있는지, 그 남자를 얼마나 많이 사랑하는지, 그를 얼마나 고통스럽게 증오하는지를 생각해. 그의 끔찍한 심장 박동 소리를 생각하지. 역에서 아름다워 보일 수 있는 모든 것이 그녀에게는 끔찍하게 보여. 나는 그녀가 죽으리라는 것을 알아. 밑줄이 그어져 있지. 나는 너무도 자주 그 책을 읽어서 끝까지 볼 필요가 없어. 내가 그 죽음의 세세한 모든 것을 살펴보게 하는, 보이지 않는 그 힘은 무엇일까? 나는 왜 늘 그 역으로 돌아오는 걸까? 왜냐하면 우리가 희미한 빛 속에서 살기 때문이야. 그렇지만 가끔 단어, 문장, 문단처럼 세상을 밝히는 덧없는 불빛이 있지. 그래서 우리는 삶 속에서 여전히 나아가야 할 길을 보는 거야. 애인, 친구, 적. 우리는 그 모두와 연결되어 있고, 잠깐 번쩍이는 빛에 연결되어 있어. 그러다가 희미한 빛으로 돌아가지. 모두 자신의 언어로 말하면 세상의 어느 누구도 이해하지 못할 거야. 번역 불가능한 모든 것이 어둠 속을 더듬으며 공포에 사로잡혀 겁을 내지, 걸음을 내디딜 때마다 불안하니까. 그러니까 다시 읽어야 해. 우리는 그녀가 죽는다는 것을 알고 있지만 그녀가 죽는 방식을 이해해야 해. 섬광을 부르고 빛의 순간이 지속되게 해야 해.

배우들은 소설의 7부 31장을 읽는다. 그들은 때때로 플랑 드르어와 포르투갈어로 독서에 대해 논평한다. 그들은 문장과 단어를 반복해서 읽는다. 그들은 의미 또는 번역의 엄격함을 확인한다. 시간이 뒤섞인다.

이자벨　"안나는 역에 도착해서 자기 삶이 얼마나 더 행복할 수 있는지, 그 남자를 얼마나 많이 사랑하는지, 그를 얼마나 고통스럽게 증오하는지를 생각한다. 종이 울린다. 못생기고 무례하고 부산하며 자기들의 인상을 걱정하는 젊은이들이 지나간다. 종이 두 번째로 울리고 짐을 옮기는 소리, 소음, 외침, 웃음소리가 이어진다. 안나에게는 누구도 기뻐할 일이 없다는 게 너무도 당연해서 그 웃음이 고통스러울 만큼 짜증스럽다. 그녀는 웃음소리를 듣지 않기 위해 귀를 막기를 원한다. 마침내 세 번째 종이 울린다. 호루라기 소리가 들린다. 기차가 부르릉 시동을 건다. 기차를 연결하는 고리들이 팽팽하게 당겨진다. 기차가 흔들리기 시작한다. 안나는 창문으로 배웅을 나온 가족들과 친구들을 바라본다. 플랫폼 위에 있던 그들이 이제 뒤로 물러나는 것처럼 보인다…. '그래, 내가 어디에 있었던 거지?

결국 나는 삶이 고문이 아닌 상황을 생각할 수가 없어. 우리는 모두 고통받기 위해 만들어진 거야. 우리는 모두 그것을 알고 있지. 하지만 그래도 우리는 자신을 속이는 방법을 찾고 있어. 그렇지만 우리가 마침내 진실을 본다면 무엇을 할 수 있겠어?" 조명. 진실. "우리가 마침내 진실을 본다면, 뭘 해야 할까요?" 해방되기. "'인간에게 이성이 부여된 것은 걱정으로부터 자신을 해방시키기 위해서죠.'" 부인이 프랑스어로 말한다…. 그녀의 말은 마치 안나의 생각을 알고 대답하는 것 같았다. "'그래, 걱정되지만 우리에게 이성이 부여된 것은 우리를 해방하기 위해서니까.'" 우리의 해방을 위해. "'그러니 해방되어야 해. 더는 볼 게 없다면, 당신에게는 모든 것이 비천하게 보인다면 왜 불을 끄지 않는거지?'" 조명. "'왜 검열관은 플랫폼 위를 저렇게 빠르게 뛸까? 왜 저 젊은이들은 옆 칸에서 소리를 지르지? 왜? 그들은 무엇 때문에 말하고 웃을까? 모든 게 가짜야. 모든 게 거짓이야. 속임수야. 악이야.' 기차가 역에서 멈추자 여행객 무리 사이에서 안나가 내려온다. 안나는 그들을 피하고, 왜 이곳까지 왔는지 여기서 무엇을 하려고 하는지를 떠올리려고 애쓰며 플랫폼에 선다. 예전에 가능하다고 생각했던 모든 것이 지금은 어렵다. 특히 여기, 시끄러운 사람들 속에서, 그녀를 쉴 수 없게 만드는 짜증 나는 사람들 속에서는…. 그녀가 짐꾼과 이야기하는 사이에 미하일이 다가온다. 얼굴이 빨갛고 유쾌하며 우아한 파란 외투를 입고 회중시계를 늘어뜨린 그가 지폐를 내민다." 편지 한 통. 조명. "그녀는 편지를 열어본다. 읽기도 전에 그녀의 심장이 옥죄인다." 조명. "'나는 확신했어! 알고 있었다고.' 그녀는 사악한 미소를 지으며 말한다…. 그녀는 심장이 두근거려서 숨을 제대로 쉴 수 없기 때문에 작게 말한다…. 대합실에 있던 두 여자가 고개를 돌려 그녀를 바라보며 그녀의 화장에 대해 소리 내어 말한다. 갈라진 목소리로 무언가를 외치면서, 웃으면서 지나가는 젊은 사람들이 그녀를 마주한다. 옆에 있던 역장이 그녀에게 기차를 탈 거냐고 묻는다. '어디로 가야 하죠?' 그녀가 멀어지면서 묻는다…. 플랫폼 끝까지 서둘러 다른 사람들과 멀어지면서… 갑자기 그녀는 브론스키와 만나던 날 기차에 치인 남자를 떠올린다. 그녀는 이제 자신이 해야 할 일이 무엇인지 이해한다." 조명.

막.

텅 빈 극장으로 돌아가기

내게 연극을 가르쳐준 사람이 있다. 그는 종종 나를 무대 위에 세웠고 나는 그의 배우들을 따라 연극의 언어를 흉내 내곤 했다. 어느 날, 그가 내게 무대 위에서 뜨거운 태양이 내리쬐는 사막을 걸어보라고 했다. 그날따라 텅 빈 극장은 유독 서늘했고, 내 몸은 마음처럼 움직여 주지 않았다. 더운 척하며 몇 걸음쯤 걸었다. 그는 아무 말 없이 나를 빤히 바라봤고, 초조함을 넘어 수치심을 느낀 나는 결국 흉내 내기를 포기하고 그에게 물었다.

"하지만 이곳에는 모래도 태양도 없지 않습니까?"

그가 나를 다시 객석에 앉혔다. 우리는 나란히 앉아 빈 무대를 바라봤다. 어둠 속에서 먼저 내 시선을 사로잡은 것은 가느다란 빛이었다. 누군가 극장 문을 열고 닫을 때마다, 조명 부스에서 버튼을 누를 때마다 등장하는 빛은 자기가 있어야 할 자리를 정확히 아는 노련한 배우처럼 재빠르게 움직였다. 나는 공연을 기다리는 관객이 되어 그 장면을 바라봤다. 환하고 찬란한 빛의 모놀로그. 내가 연극에서 기대했던 것은 아마도 그런 것이 아니었을까. 그러나 빛이 물상에 부딪힐 때마다 기대에 조금씩 어긋나는 이야기가 펼쳐졌다. 무대 구석에 놓인 로프, 천장에 어지럽게 늘어진 전깃줄, 부유하다 가라앉기를 반복하는 먼지들, 조금씩 흔들리는 암막 커튼, 객석의 침묵, 빛의 자리마다 반드시 생기는 그림자. 그때 나는 내가 관람하는 그 공연이 허구의 세계가 끝난 극장의 이야기임을 깨달았다. 세계는 사라졌고, 말의 발화는 그쳤고, 무대는 폐허처럼 남았다. 극장은 이제 침묵으로만 말했다. 나는 그 침묵에 귀 기울이며 내가 그곳에 있어야 하는 이유가 연극을 하기 위해서가 아니라, 그 장소의 언어를 이해하기 위해, 옮기기 위해서일지도 모른다고 생각했다. 정확히 무엇이라 말할 수 없지만, 어떤 장소의 기억과 침묵 역시 또 다른 형태의 언어로 옮겨질 수 있다고 믿었다.

"저 빈 공간에서부터 모든 게 이뤄져."

나의 스승이 정적을 깨고 말했다. 그는 셰익스피어도, 몰리에르도, 베케트도, 주네도 모두 빈 공간에서 시작된다고 했다. 아무것도 없는 곳에서 마치 있는 것처럼, 없는 것을 있는 것처럼 믿게 하기 위해 먼저 믿는 것이 연극이라고. 연극은 사실이 아닌 진실을 향해 나아가는 믿음이라고.

살면서 그의 말이 생각나는 순간들이 있었다. 극장 밖에서도 삶이 한 편의 연극 같았을 때, 거짓이 난무하여 아무것도 믿기지 않았을 때, 나의 믿음이 나아가는 곳이 어디인지 몰라서 혼란스러웠을 때, 나는 그때마다 빈 극장으로 돌아가 다시 시작하고 싶었다.

티아구 호드리게스의 《소프루》를 만나고 오래전 그 극장을 떠올렸던 것은, 내가 옮기기를 소망했던 그 장소의 언어를 그의 글에서 발견할 수 있었기 때문이었다. 그때의 침묵은 이곳에서 그림자와 숨결의 말이 됐다. 내게는 모호했던 그 말이 어떻게 이토록 선명한 언어로 옮겨질 수 있었을까. 《소프루》를 번역하는 동안 줄곧 그런 즐거운 질문에 사로잡혀 있었고, 번역을 마친 지금 내가 발견한 답을 여기서 나눠보고자 한다.

먼저 《소프루》의 아름다움은 연극의 본질로 돌아간 시적 언어에 기인한다고 할 수 있겠다. 연극의 언어는 '파롤 parole, 말'의 형태로 존재한다. 연극이라는 행위는 내적·정치적 선언이고(물론 연극의 본성은 정치적이지만, 그것이 언제나 정치적 행위로 해석되진 않는다), 그 선언의 도구는 파롤-무언을 선택하는 것도 일종의 '말'이라 할 수 있다-이다. 말은 씨앗처럼 흩어지고 나그네처럼 유랑하며 공기처럼 존재하는 것. 바로 떠다니는 말에 구체적인 형체를 부여하여 발화하게 하는 것이 연극에서 작가와 연출가, 배우가 해야 하는 일이다. 티아구 호드리게스는 '말하게 하는' 연극의 본질에 충실했다. 연극의 시초부터 극장은 발언권을 주는 장소였고, 로드리게스의 극장에서는 가장 작게 말하는 사람, 프롬프터에게 그 권한이 부여됐다. 연극 〈소프루〉의 무대는 프롬프터의 말을 전하는 곳이다. 프롬프터의 말은 극장의 기억이고, 극장의 기억은 곧 연극이니 이 무대에서 발언하는 것은 연극 그 자체라고 말할 수 있다. 연극이 말하게 하기 위해, 연극에 발언권을 주기 위해 프롬프터의 말을 빌린 것이다. 그렇다면 왜 프롬프터였을까? 이 질문에 답을 찾는 과정이야말로 이 희곡을 즐기는 방법이라고 할 수 있겠다.

포르투갈어로 소프루는 '숨'이라는 뜻이고, 프롬프터는 소프라도르, 숨을 불어 넣는 사람으로 해석된다. 무대 아래 보이지 않는 곳에서 배우에게 대사나 동작을 일러주는 사람, 현실의 둑과 허구의 둑을 잇는 다리에서 사는 사람, 세상과 무대를 가르는 말의 유수 속에서 헤엄칠 줄 아는 사람, 속삭이는 사람, 구하는 사람, 다시 말해 살리는 사람. 《소프루》는 범람하는 현실에 천천히 침식하는 연극을 살리고자 하는 소생의 의지가 아닐까.

이 극에서는 프롬프터의 말이 텍스트가 되고, 다시 텍스트에 프롬프터의 숨이 더해져 하나의 발언이 된다. 우리는 여기서 프롬프터의 말이 속삭임이라는 사실에 주목할 필요가 있다. 연극은 오랫동안 '내지르는' 과장된 언어를 사용한다는 오해를 받아왔고, 그 지나침이 연극이 가진 시적 언어의 아름다움을 해한 것 또한 사실이다. 티아구 호드리게스는 그 과장을 배제하고, 속삭임을 이용해 연극적 언어에 시적 숨을 불어 넣었다. 사실상 연극의 기원으로 거슬러 올라가면 시(서사시)가 있었고, 시는 본디 말과 숨의 예술이 아니겠는가. 프롬프터가 배우의 대사에 숨을 불어넣듯 호드리게스 역시 연극에 본연의 숨을 불어넣었다.

숨, 그것이 얼마나 아름다운 말인지《소프루》를 통해 배운다. 숨은 태어나게 하는 것, 일으키는 것, 움직이게 하는 것. 그것은 끝의 반대이고, 폐허의 희망이다.

이제는 사라진 직업, 리스본 국립극장에 마지막 남은 실제 프롬프터, 크리스티나 비달이 연극 〈소프루〉의 프로타고니스트가 되어 태어나게 하는 사람이자 일으키게 하는 사람으로 폐허의 희망이 된 것만으로도 이 연극이 존재해야 하는 이유로 충분하다. 우리는 모두 소멸의 운명을 지녔으니까. 그럼에도 불구하고 망각과 싸우기를 원하니까. 기억하기를 희망하니까. 우리가 발견한 진실이, 우리가 만난 아름다움이 숨에서 숨으로 전해지길 원하니까.

피터 브룩은 연극의 진실이 나의 이야기라고 설득될 때, 연극과 삶은 하나가 된다고 말했다. '끝을 말하지 않기, 죽지 않기, 살아가기'를 말하는 《소프루》의 진실과 만난 순간, 나는 빈 극장으로 돌아갈 수 있었다. 거기서부터 믿음의 방향을 다시 정할 수 있었다.

지금 나는 당신을 이 빈 극장으로 초대하고 싶다. 이곳은 시간과 기억과 끝나지 않으리라는 희망이 자라는 폐허다. 여기서부터 시작해보자. 이 숨결의 이야기를 들어보자. 나는 《소프루》가 허망한 허구가 아닌, 우리를 일으키는 진실이 되리라고 믿는다.

2023년, 10월
신유진

소프루

1판 1쇄 펴냄 2023년 10월 27일
1판 2쇄 펴냄 2024년 1월 12일

지은이 티아구 호드리게스
옮긴이 신유진
펴낸이 안지미
사진·CD Nyhavn

펴낸곳 (주)알마
출판등록 2006년 6월 22일 제2013-000266호
주소 04056 서울시 마포구 신촌로4길 5-13, 3층
전화 02.324.3800 판매 02.324.7863 편집
전송 02.324.1144

전자우편 alma@almabook.by-works.com
페이스북 /almabooks
트위터 @alma_books
인스타그램 @alma_books

ISBN 979-11-5992-387-6 04800
ISBN 979-11-5992-244-2 (세트)

알마출판사는 다양한 장르간 협업을 통해 실험적이고 아름다운 책을 펴냅니다.
삶과 세계의 통로. 책book으로 구석구석nook을 잇겠습니다.